LA JALOUSIE DES FLEURS

1904. La politique impérialiste du Japon va mener à l'invasion de Port-Arthur et la perte d'indépendance de la Corée. L'empereur donne secrètement pour mission à l'un de ses conseillers, Il-Hwan, de rejoindre Paris, via Saint-Pétersbourg et Vienne, en vue d'alerter l'opinion publique et les politiques européens des visées expansionnistes nippones et de la menace qui pèse sur la Corée.

Il-Hwan est partagé entre l'inquiétude pour l'avenir de son pays et le plaisir de partir à la découverte de l'Europe. Accompagné de son serviteur Yu-Pok, il finit par atteindre la France et il déchante vite. Courant les ministères, il se heurte à l'incompréhension et au mépris de tous : le sort de la Corée n'intéresse personne.

Cependant, lors d'une réception, Il-Hwan rencontre la belle et troublante Éléna. Ces deux âmes sensibles, malgré leurs différences et les préjugés qui pourraient entraver leur relation, vont vivre une formidable histoire d'amour…

Née de mère coréenne et de père cévenol, le journaliste et romancier Max Olivier Lacamp, Ysabelle Lacamp est diplômée de chinois et de coréen. Du Baiser du dragon *à* L'Éléphant bleu, *de* Une Jeune Fille bien comme il faut *à* L'Homme sans fusil, *elle revendique ses doubles racines, explorant l'Orient et l'Occident à travers des sujets historiques et contemporains avec une force et une verve incisives.*

DU MÊME AUTEUR

Le Baiser du dragon
Lattès, 1987
et « Le Livre de poche », n° 6500

La Fille du Ciel
Albin Michel, 1988
et « Le Livre de poche », n° 14716

L'Éléphant bleu
Albin Michel, 1990
Ramsay, 1996
et « Le Livre de poche », n° 14347

Une jeune fille bien comme il faut
Albin Michel, 1991
et « Le Livre de poche », n° 14630
et « J'ai Lu », n° 3513

Les Paradis lointains
avec Jean-Marie Galliand
Lattès, 1992
et « Le Livre de poche », n° 13815

Les Nuits-Kimono
avec Jean-Marie Galliand
Lattès, 1994
et « Le Livre de poche », n° 13974

Mambo mambo
Ramsay, 1997
et « Le Livre de poche », n° 14259

L'Homme sans fusil
Seuil, 2002
et « Points », n° P 1074

Beaux livres

Cévennes, couleurs du monde
(avec Jean du Boisberranger)
Le Rouergue, 2003

Livres pour la Jeunesse

Neige de printemps
(avec Jean-Marie Galliand et Alain Thomas)
Albin Michel-Jeunesse, 1988

Bandes dessinées

Fleur de Prunus
(avec Jean-Marie Galliand et Alain Bordier)
Albin Michel, 1992

Ysabelle Lacamp

LA JALOUSIE DES FLEURS

ROMAN

Éditions du Seuil

TEXTE INTÉGRAL

ISBN 2-02-078986-8
(ISBN 2-02-060126-5, 1re publication)

www.seuil.com

à Caspar

pour claire
maman qui t'aime
03/05/2011

–Je vois des honneurs, de l'or, oui, beaucoup d'or autour du mari... ou plutôt... (la chamane hésite) comme un drôle de soleil...

Odeur lourde de l'encens. Le pouce de la femme danse sur la paume de Sun-Hi, un pouce noir à l'ongle incroyablement long et racorni.

–... un feu étrange enfermé dans une cage de cristal, un fleuve couleur de suie, des rues glacées où ricanent par milliers les yeux des chacals...

Sur l'autel de fortune, otages de l'obscurité, tremblent banderoles expiatoires et fleurs en papier. Bruissement de manches. L'éventail à sept tiges reprend sa gigue-papillon.

–... des forêts, des montagnes aussi, oui, mais pas comme ici. Arides, abruptes, si nues, si blanches...

La voix enfle, rauque. Racle les murs, mélopée sourde. Affolement des esprits autour des offrandes, transe des grelots. Et puis soudain, tel un cri lancinant :

–... Mais il vous reviendra, oui, il vous reviendra...

Que veut dire la *mudang*?

Sun-Hi fixe le petit disque en bronze, réceptacle des esprits, obole des chamanes au soleil et à la lune, qui brille sur le *chogori* rapiécé.

Sa sœur a dit: «Viens, allons voir la Grand-Mère à la Maison aux Cochons, elle fait parler les morts (rires), mais elle regarde dans l'avenir aussi vrai que le gingembre est yin, et yang l'oignon de printemps! Toi qui t'inquiètes pour ce mari toujours plongé dans ses livres, ça ne peut faire de mal.»

Avait-elle besoin de suivre sa sœur? Satisfaire sa curiosité mérite-t-il la désagréable sensation d'avoir tout à coup perdu son innocence?

Sun-Hi relève la tête, évite de respirer les remugles de camphre et de soupe de chien.

Ne plus entrevoir ce monde inconnu peuplé d'esprits malins ou bienfaisants qui sucent dans l'ombre les fils de son destin. Sortir à l'air frais. Oui, quitter au plus vite l'antre de la sorcière et ses ombres gluantes qui suintent entre les pierres. La laisser à ses *kut*, à ses exorcismes et à ses dialogues avec les morts.

Odeur de terre humide. Débandade des herbes folles et des tiges de sorgho sauvage.

Passé le seuil encadré des effigies de l'Esprit de la Montagne dont la peinture criarde s'écaille sous l'auvent, plus que le jardin envahi par les ronces à traverser. Au coin de la ruelle, rassurants, se profilent déjà les toits retroussés du temple confucéen derrière son mur protecteur.

Excitée, la sœur aînée se tourne vers Sun-Hi tandis que toutes deux s'enveloppent la tête de leur vaste manteau afin de se cacher le visage.

– Eh bien, tu en as de la chance ! Tu vas être riche à ce qu'il paraît !

Sun-Hi ne répond pas. Petit caillou jeté dans la neige de l'infini où ne s'inscrit pour le moment que le masque de la *mudang* crispé d'idéogrammes furieux. Que dirait son mari s'il les voyait ainsi patauger avec leur robe de soie dans la boue de la cour de la Grand-Mère aux Cochons ? Il-Hwan rirait, c'est sûr, il les traiterait de petites filles crédules, ou bien se fâcherait tout rouge en incriminant ces superstitions d'un autre âge qui empêchaient les bienfaits du progrès de pénétrer son pays.

Le progrès ? « Une ruse des *Étrangers* pour mieux nous museler », marmonnait son beau-père. Elle hausse les épaules : cela n'avait pas empêché ce dernier d'envoyer son fils dans cette école où l'on étudiait le français !

Un fumet de chou à l'ail et de sapin brûlé s'échappe déjà des maisons. Fumerolles blanches et odorantes que dégage le chauffage des foyers par le sol dès la tombée du jour. Parfois, elle se demande si, dans une autre vie, son propre mari n'a pas été lui aussi un « long-nez ». Cette avidité à dévorer tout ce qui lui tombe d'étranger sous la main, des traités de technique à la littérature, et puis surtout cette façon de dénigrer haut et fort leurs traditions...

– Déjà que tu n'avais pas à te plaindre, poursuit la sœur en gloussant tandis qu'elles se hâtent de regagner la placette où attendent les chaises à porteur, tomber sur un homme si bon et si beau !

C'est vrai. Elle sourit. Se souvient de l'appréhension qui lui tordait le ventre le jour de leurs noces, quand, petit paquet tremblant de gaze derrière les rideaux de son palanquin, elle l'imaginait caracolant sur son cheval lancé derrière elle au grand trot. Puis de la brûlure ressentie, lorsque découvrant son visage, il avait froncé les sourcils devant les narines et les oreilles de la mariée soigneusement cachetées. Ainsi ses traits – pourtant fardés de rosaces comme ceux d'une poupée – n'étaient pas du goût de l'époux ! Le pouce d'Il-Hwan avait alors effleuré les lèvres peintes et, à son grand soulagement, ce dernier avait ri gentiment :

– Allons, ma femme n'est sûrement pas aveugle que je sache, pas plus qu'elle n'est sourde ni muette, lui avait-il glissé à l'oreille. Cessons cette mascarade, veux-tu ?

Long cri guttural des porteurs destiné à disperser le manant. Cruches en équilibre sur la tête, femmes en blanc et enfants s'écartent au passage des deux palanquins laqués de vermillon. Un peu plus loin, telle une procession de vers luisants surgie du brouillard, un attroupement de lueurs vacillantes, lampions en forme de fleurs de lotus et banderoles de mousseline rouge, danse autour d'un corbillard. Du moins de ce que Sun-Hi en aperçoit à travers le lattis ajouré de sa chaise. Oui, rentrer. Retrouver au plus vite la maison des Ancêtres, la faïence bleue de ses tuiles, les lanternes de pierre du jardin et le bois sombre et lisse du vaste *maru*. Oublier cette petite bruine grise et ce relent de graillon.

En attendant, que voulait dire la Grand-Mère aux Cochons ?

Le sang qui afflue aux tempes, le contact à la fois dur et doux du plancher de la salle d'audience sous ses paumes meurtries.

Depuis combien de minutes Il-Hwan tient-il dans cette posture, nuque cassée, le front posé au sol contre ses mains croisées ?

Ne plus sentir son corps, se concentrer sur cette voix d'outre-tombe, douce, un peu lasse. Celle de son Empereur.

– Vous savez que notre pays...

Oui, Il-Hwan sait. Il sait que son pays, si longtemps royaume ermite, se trouve l'enjeu de la guerre entre Russes et Japonais. Que sous le couvert fallacieux de protéger l'Empereur, les Nains Rouges se sont empressés de poster leurs troupes en tous points stratégiques, et ont entrepris la construction d'une ligne de chemin de fer entre Uiju et Séoul, puis entre Séoul et Pusan. Que son réseau télégraphique est passé sous contrôle nippon, et que suite à un accord signé depuis peu sous la menace des armes, c'est maintenant tout l'appareil gouvernemental qui risque de se voir supervisé par les Japonais. « Patrie », « Liberté »... Il est des mots qui écorchent, ces beaux idéogrammes que, petit, il apprenait à calligraphier avec tant de fierté...

Paupières baissées, Il-Hwan n'aperçoit de son monarque que la pointe recourbée d'une bottine brodée de dragons de feu. Mais il peut tout aussi bien imaginer sans les voir la lèvre mince et l'œil d'effraie sous la coiffe en forme de cloche, et figée avec la rectitude des piliers sculptés, dos à l'ouest sur le trône surélevé, la silhouette noyée dans ses soies damassées couleur de sang séché de celui qui ne s'est jamais remis de l'assassinat de la reine perpétré par les Japonais. Du décorum d'antan, rien n'a changé, si ce n'est que l'Empereur dont il est devenu le conseiller préféré, naguère obligé de quitter son ancien palais pour se réfugier à la Légation russe, n'est plus qu'un souverain de papier. Et pourtant, ces phrases une fois de plus égrenées prennent depuis quelques instants une résonance particulière.

Sur l'injonction de ce dernier, Il-Hwan a relevé la tête.

– ... c'est donc pour cette raison, acculé par une situation intolérable qui ne fait que s'accroître jour après jour, que Nous, Kojong, premier souverain de l'ère Kwangmu, avons décidé de vous envoyer en Europe afin que des abus du gouvernement japonais le reste du monde ne soit plus tenu ignorant...

Il-Hwan a-t-il bien entendu?

Partir? Lui? Partir en Europe *via* Saint-Pétersbourg jusqu'à ce bout du monde, cette terre des Lumières qu'est la France, pays de Montesquieu et de Voltaire.

– ...Vous quitterez donc la Corée au plus vite, avec la charge de tenir les préparatifs de votre départ dans le plus grand secret.

Vertige. Quelque chose comme un sanglot qui gonfle sa poitrine à la faire craquer. Merci, merci, cher Étienne Martel, ami de son grand-père, grâce auquel il a appris la langue du pays où l'on a toujours défendu les libertés. Que l'on finisse là-bas par entendre la petite voix du peuple de Chosen, non, il n'en a jamais douté ! Mais que son plus cher vœu – réitéré au pied de cette estrade et deux fois repoussé avec le même agacement mesuré – se trouve enfin exaucé, cela, Il-Hwan n'ose encore l'espérer.

Tête bourdonnante, il se retire sur la pointe des pieds. À reculons, s'éloigne du trône de celui qui, ultime geste de désespoir d'un roi bafoué, s'est décrété empereur en retrouvant un palais. Ce qui ne trompait personne et remplissait assurément d'aise les Japonais qui devaient ricaner. Selon leur plan, reniant une allégeance millénaire à L'Empire du Milieu en se proclamant indépendante, la Corée pouvait maintenant se faire avaler toute crue par ces derniers.

Passé les deux lions de pierre de la porte monumentale attenant à la cour d'honneur, Il-Hwan sauta de cheval et confia sa monture à son valet hébété.

Au diable la coutume qui voulait qu'un dignitaire de son rang ne se déplaçât qu'à cheval ou en palanquin. Ce matin, il avait envie de marcher. Il irait donc à pied.

Fendre la foule lui fit du bien. C'était pour lui une façon de se retrouver. D'oublier l'étiquette empesée du palais. De réfléchir aussi, quand l'émotion, voire l'ivresse se disputaient la froide nécessité d'organiser son voyage dans les plus brefs délais.

L'atmosphère rafraîchie qui annonçait les prémices de l'automne, cette transparence cristalline qui verrait bientôt le vermillon des piments éclabousser les auvents, le tout balayé par un fumet de raviolis aux navets et de soupe de seiches qui montait du marché, le rappela brusquement à la réalité.

S'il avait ardemment désiré cette mission, il ne s'était encore jamais imaginé quittant son pays. Il chassa ses états d'âme d'un froncement de sourcils. Qui emmènerait-il en Europe avec lui ? Le brave Yu-Pok au service de sa famille depuis sa naissance ? Dévoué, certes, mais pas très dégrossi. Ou le petit Yi-Shun, le fils du jardinier, dont la finesse et l'agilité d'esprit, outre le fait qu'il fût sourd et muet, feraient du jeune garçon un compagnon d'une discrétion remarquable ? Rusticité pragmatique et bonne humeur garantie ou intelligence du cœur ? Il-Hwan rit. Quant à sa femme, il n'en doutait pas, dotée du bon sens et du caractère qu'il lui connaissait, cette dernière le remplacerait fort bien à la tête de la maisonnée...

Le clappement d'un bâton frappant en cadence le grelot d'un mendiant l'extirpa de sa réflexion. La première chose qu'il vit fut l'image – ô combien symbolique – d'un malheureux à qui on avait passé la cangue. Habitué à traverser le quartier des légations des hauteurs de sa monture ou d'une chaise à porteur, il lui sembla tout à coup qu'il découvrait sa ville. C'est-à-dire ses habitants, badauds, artisans, fourmilière humaine regroupée autour des citernes de pierre entre le Bazar de la Cour et le Pavillon de la Grande Cloche. Maquignons au verbe leste descendus de la montagne, soldats fusil à tabatière sur l'épaule, lettrés piaffant à cheval, vendeurs à la sauvette, nobles dames portées à dos d'homme, aveugles se tenant par la main, paysans, enfants, loueurs de lanternes, le tout jacassant devant l'étal du vendeur de pastèques, de chapeaux ou de gourdes en écorce, dans une cacophonie dominée par le marteau du chaudronnier, la stridulation du rémailleur et les onomatopées éraillées d'un marchand d'algues séchées. Sans parler des odeurs, fumet animal et humain qui semblait sourdre de terre. Relents de sueur, d'abattis frais, de poisson séché et de purin, sur lesquels flottaient, persistant cette fois, celui du chou et de l'ail cru, et, plus indécis, un parfum vague d'épices et de santal... Il-Hwan en avait le tournis. Partir défendre son pays ? Bousculant un vendeur de nouilles, il sourit. Non, partir défendre son peuple. Réclamer coûte que coûte le droit de ce dernier à exister. À rire, à parler, à chanter. À naître et à mourir en toute liberté.

À cette pensée, toute l'abstraction liée à l'idée de son voyage fondit dans ses veines. Un vin chaud enivra ses poumons. Tout à coup, il lui sembla que le tanneur, le cordonnier et le coolie lui souriaient. Que ces trognes rougies, poivrons confits, calebasses fissurées par le labeur et la misère, émergeaient soudain de l'anonymat condescendant dans lequel sa classe les parquait. Ces visages-là croisés ce matin, oui, ce sont eux dont il se souviendrait. Eux qui l'accompagneraient tout au long de son voyage en Europe et qui lui donneraient la force de mener à bien sa mission.

À côté de lui, bien sûr qu'on souriait. Qui n'aurait pas ricané ou crié au fou en voyant ce dignitaire de haut rang, en chapeau de feutre dont les ailerons de gaze battaient au vent, ne pas hésiter à crotter les pans de sa redingote en ramie et le bas de sa robe à la soie immaculée dans la fange des caniveaux ? Et pourtant, si la vue de ce *Yang-ban* poussant la chansonnette à pied en tenue d'apparat avait tout d'abord déclenché l'hilarité, on ne pouvait s'empêcher à présent de le regarder passer avec déférence et respect. Car plus que son aisance, c'était son absence de morgue et sa détermination qui impressionnaient. Comme une grâce solaire. Un don de beauté.

Et puis, non loin, quelqu'un cracha. Alors, en chœur, la foule se détourna.

Pour ne pas voir les uniformes noirs.

Pour oublier que la garde japonaise se préparait à effectuer sa relève, tandis que la Grande Cloche sonnait la troisième veille.

– Regarde-moi, Mustapha, s'il te plaît !... Un, deux...

Mais Mustapha ne regarde pas. Menton baissé, il fixe obstinément les bottines crottées de celle qui l'interpelle gentiment, la tête enfouie comme une grosse chauve-souris sous le rideau de sa chambre noire.

– ... Allons, un effort...

Sans montrer le moindre agacement, la tête blonde apparaît. Cligne des yeux sous le soleil.

– ... Ne souhaites-tu pas que je rapporte le souvenir du Mustapha que j'aime ? Celui qui ne supporte pas de me voir triste et qui me sourit toujours à pleines dents...

Maussade, le gamin condescend à relever le visage. Garde les yeux rivés sur les mains blanches. Des mains qui rient. Douces, incroyablement parfumées. Posées comme deux papillons frémissants de chaque côté de l'épais boîtier.

Oui, il aime bien la femme blanche. Si différente des gros dindons de la colonie, serrés dans leur corset à ramages, qui gloussent entre elles pour mieux lui crier après, font des drames d'un rien en usant de leurs voix stridentes et se prennent pour la reine d'Angleterre sous prétexte qu'elles portent un grotesque nid à perroquets fiché sur le sommet du crâne... La dame blanche, elle, s'intéresse aux oiseaux, mais aux vrais. Elle peut marcher des heures dans la brousse sans jamais se plaindre des mouches ou de la chaleur, alors que lui, Mustapha, irait bien se réfugier dans la fraîcheur de sa case. Mais comme elle ne dit rien, il ne dit rien et se contente de transporter le trépied de sa drôle de *boîte à fixer le temps* en serrant les dents. Il n'empêche, grâce à elle, il a appris que chaque arbre, chaque fleur, portait un nom savant chez les Blancs. En échange, il lui a montré comment récolter sous l'écorce pourrie de certains fromagers ces grosses larves de coléoptères qui fondent sur la langue une fois séchées, et combien de choses encore ?

Ppffff, aujourd'hui, tout ceci n'a plus d'importance. De rage rentrée, il en crache un beau jet de bétel. La dame blanche le quitte. La dame blanche préfère retourner en France.

– Allons...

Se détournant de l'appareil, la femme s'est rapprochée dans un mouvement enveloppant. Il peut sentir tout proche son corps frais et rassurant, tandis que la mousseline de son chapeau de paille lui chatouille l'oreille.

– ... ne sois pas triste, va. La vie n'est faite que de séparations, tu verras...

Bercée par la voix douce, la colère de l'enfant s'apaise. Évite le reflet de l'eau si calme, si bleue, qu'il goûte au fond de ses yeux (et qu'il vient pour se venger de baptiser *le lac du buffle qui dort*).

– ... Tu dois seulement apprendre à garder les moments heureux dans ta tête, comme dans une boîte à trésors... Voilà au moins une richesse que jamais personne ne t'enlèvera. Un jour, quand tu seras très vieux, tu comprendras.

Mustapha regarde la femme avec sévérité. Comme si elle était assez vieille pour prétendre parler comme dans un livre !

– Alors pourquoi as-tu besoin d'enfermer ces moments dans ta *boîte* ? lance-t-il avec insolence en désignant l'appareil à photographier.

Peuhh (il hausse les épaules), le Temps, de toute façon, ça se fixait en répétant les mêmes gestes chaque jour. Pas en appuyant sur une petite poire qui vous l'épinglait sur un morceau de verre comme un vague insecte mort.

L'enfant regarde ses pieds nus qui dessinent deux fleurs noires dans la poussière, puis se met à taper rageusement dans une termitière.

– La femme blanche n'y connaît rien. Elle ment. Elle ne sait même pas qu'en quittant Mustapha, c'est elle qui a cassé le Temps !

*

* *

De loin, adossée aux flamboyants de la colline Koulouba dans un fouillis de fleurs rouges et mauves, la grande maison en bois semble surgir de la jungle.

En gilet, le col étincelant de sa chemise non encore boutonné, Charles-Louis arpente fiévreusement la véranda, un verre de cognac à la main. Sans doute répète-t-il son discours de départ, avec la fierté du fonctionnaire face à la tâche accomplie.

Éléna fait la moue. Ce soir, une dernière fois encore, il lui faudrait affronter les frous-frous et les sarcasmes de la petite colonie blanche qui saurait mêler fausses larmes et louanges à l'encontre du brillant ingénieur des Ponts-et-Chaussées qui venait de relier Bamako à la lointaine Dakar en supervisant la construction de son chemin de fer.

– Dieu que vous êtes pâle, ma douce ! Jouer les sauvageonnes et courir toute la journée la savane en compagnie de votre négrillon ne vous réussit guère, on dirait...

Primesautier, Charles-Louis enlace l'épaule de sa femme en faisant tinter bruyamment la glace pilée dans son verre.

– ... Allons, aurait-on rencontré un crocodile ?

– Non, répond sourdement Éléna (elle se dégagea), on s'efforçait de « tuer » le Temps.

– Ha ha ! s'esclaffe Charles-Louis en tirant son oignon de la poche de son gilet, eh bien espérons qu'il vous en reste un peu pour vous mettre en toilette, les porteurs de *tipoy* seront là dans un instant. (Petit regard sarcastique en direction de son épouse.) Gageons qu'une fois de plus, cette charmante Lily saura d'un regard vous remettre le feu aux joues !

Les poils sur les phalanges dodues de Charles-Louis. Oui, ces petits poils noirs et drus, comment se fait-il qu'elle ne les avait jamais aperçus ?

C'était grotesque.

Mécontente, Éléna pénétra dans l'obscurité de la chambre et enjamba les cartons et les malles. Il y a pourtant belle lurette qu'elle ne prêtait plus d'attention aux sous-entendus graveleux de son mari. Bien sûr, la croire en proie à des feux étranges vis-à-vis des personnes de son sexe devait rassurer le mâle qu'il était.

Mais dans l'atmosphère indécise du départ, au milieu de toute cette tension qui semblait vous gagner comme une mauvaise fièvre, la gratuité de sa remarque ajoutée à la rancœur de l'enfant noir ne faisait qu'accroître une sorte de malaise moite qui ressemblait à de la frustration. Pourquoi ce qui d'ordinaire alimentait sa fierté, la sensation de ne jamais être vraiment comprise, avait aujourd'hui ce goût de chaos et d'inachevé ?

Elle entreprit mollement de s'habiller, se refusant à quémander de l'aide pour accrocher son camée, et tenta de chasser de son esprit la vision des mains de Charles-Louis qui décidément s'y incrustait.

En réalité, elle n'avait rien à reprocher à ce dernier. Hormis ses blagues pataudes, son humeur égale en faisait un compagnon plus que supportable. Si seulement il n'était pas aussi brutal au lit !

Elle soupira et se demanda si l'entente du couple aurait été différente si elle n'avait pas, et ce dès le début de leur mariage, refusé de se plier à ses appétences inconsidérées.

– Pardonnez-moi, lui avait-elle dit, je serai toujours heureuse d'être votre femme, mais à la condition que nous nous contentions d'un rapport purement amical...

Charles-Louis. Ses mollets maigres dépassant de la chemise de nuit. Charles-Louis mortifié, son sexe rouge à la main. Cette main qui continuait pourtant bêtement à faire coulisser la monstrueuse chose violacée comme si de rien n'était... Bien sûr qu'il n'avait rien compris. Mais qu'en époux respectueux, et peut-être même parce qu'il avait déjà une maîtresse, il avait su ravaler son dépit. De cela, elle lui en saurait toujours gré, comme elle remerciait le ciel de lui avoir envoyé à la même époque un alibi tout trouvé. La cour effrénée de cette actrice de théâtre de renom qui s'était entichée d'elle au point de lui envoyer pendant des mois des mots enflammés l'avait bien aidée !

La psyché lui renvoya son sourire.

La splendeur brodée de perles d'eau à haut col chinois qu'elle arborait ce soir avait justement appartenu à Sarah Bernhardt.

*

* *

À la grande joie des convives, le souper s'était déroulé à l'envers. On avait apporté le champagne tiède et la pièce montée en guise d'entrée et terminé avec le foie gras et le saumon en gelée au dessert.

On avait trinqué à l'heureuse transformation du village de terre battue qui ne cessait depuis vingt ans de s'agrandir à l'ombre des manguiers et des cédrats depuis que la France, faisant trembler le Soudan et matant le rebelle bambara, avait fait de Bamako l'un de ses brillants chefs-lieux.

On s'était esclaffé au souvenir de ce brave Félix de La Pallière qui, ayant un peu forcé sur la boisson, avait cru bon de célébrer le 14 juillet en faisant sauter à la dynamite un des indigènes présents.

Et surtout, on les avait fêtés. On avait envié leur retour à la métropole loin des mouches, des nègres, et de cette intolérable chaleur. Mais les soupirs appuyés laissaient aussi entendre qu'ils n'étaient plus des leurs. Déjà, on s'échangeait des bristols et on pérorait haut et fort sur le calendrier des prochaines parties de bridge ou de chasse au lion, et le cercle, à leur insu, s'était vite refermé. S'il fallait du temps et de la patience au nouveau venu pour se faire accepter, ceux qui « partaient » étaient rapidement oubliés. Un peu comme en prison, ces détenus qui ne font plus partie du même monde dès l'instant où l'on sait qu'ils se sont vu accorder une toute proche liberté.

– Au fond, un répit parisien te fera du bien, avait lancé Charles-Louis avant de quitter sa femme pour sa moustiquaire.

Seule, Éléna était restée sur la véranda à boire doucement les étoiles, tandis que les insectes s'agglutinaient autour de la lampe à pétrole. Étrange comme il fallait toujours qu'IL pense pour elle. Qu'en savait-il au juste ?

Elle s'accouda à la balustrade en bois et fixa longuement la boucle argentée du Niger qu'on devinait au-delà des champs de mil et des falaises écarlates de Lafiabougou.

Paris ? Elle n'y songeait même pas. Pourquoi y aurait-elle songé, puisqu'elle était là ? Elle respira et se laissa envelopper par la magie soyeuse, puissante, de la nuit. Sa pulsion chaude, animale, et son chant, cacophonie douce, entêtant comme celui des grillons, entrecoupé de crissements, de coassements et d'étranges feulements. Ce soir, perdue dans l'immensité noire, c'était au contraire l'Afrique tout entière qu'elle voulait absorber. Emplir ses poumons de cette odeur de bois pourri, de feu de brousse et de poussière, s'en imprégner afin d'emporter avec elle un peu de son mystère.

Elle regarda la lune, gros fruit pâle, sourit à Mustapha, l'enfant qu'elle n'aurait pas, et grelotta.

Elle s'aperçut alors qu'elle avait froid.

Khabarovsk, Barabinsk, Omsk, Sverdlovsk...

Noms aux sonorités barbares qui défilaient à l'oreille d'Il-Hwan comme autant de coups de gong à l'écho de plus en plus assourdi.

Gares perdues, enfouies sous la neige de l'oubli.

Ce dernier laissa retomber l'épais rideau sur l'immensité sans tain qui s'étirait depuis des jours derrière les vitres du Transsibérien. Mêmes forêts de bouleaux, mêmes petites huttes de bois se découpant dans la lueur brouillée du petit matin.

Depuis combien de temps avait-il donc quitté son pays ?

La lumière éblouissante qui cognait contre le ventre vermoulu du steamer en partance pour Vladivostok, la foule de portefaix revêtus de blanc avec leur natte tordue sur le sommet du crâne gesticulant entre les cordages et les ballots de riz estampillés de caractères sanglants, tout cela lui apparaissait aujourd'hui aussi irréel que cette côte aimée qui s'éloignait à vue d'œil, banc de tourbe et de sable aussitôt renforcé par la diligence d'une multitude de terrassiers, puis basculant contre la soie du ciel, la gigue ivre des collines de Wonson dont il avait si longtemps fixé, hagard, les silhouettes des pins torturés.

La douleur qui l'avait tenaillé alors ne trouvait comparaison dans sa mémoire qu'avec le déchirement ressenti, petit, lorsqu'on l'avait arraché à sa nourrice. Irrité, il s'était enfermé dans sa cabine jusqu'à Vladivostok, et c'est en automate qu'il était monté sur le marchepied rutilant du Transsibérien. Force lui était d'admettre que ce vague à l'âme poisseux et tout à fait indigne de sa mission n'avait consenti à l'abandonner qu'aux confins de la taïga, et que tant que la locomotive vert et noir avait longé l'incertaine frontière avec la Chine et la Mongolie en bordure du désert de Gobi, son âme ressemblait à cette neige souillée de suie aux abords de ces gares fantômes dont les arrêts leur laissaient un peu de répit.

Bah ! N'en avait-il pas profité pour lire dans le texte tout Prosper Mérimée ? D'ailleurs la monotonie de ce paysage qui, peu à peu, engourdissait ses sens, ce monde atone décidément sans bruit ni odeur, ne semblait-il exister que pour lui permettre de faire le vide de son mal de Corée ?

À présent, pourtant, c'était l'énormité insoupçonnée, la démesure du pays traversé qui le tétanisait. Qui donc pouvait se soucier du royaume de Chosen de l'autre côté de ces étendues glacées ?

Surgissant du couloir, la trogne réjouie de Yu-Pok emmitouflé dans sa robe ouatinée le tira de sa rêverie.

– Votre collation, Maître...

D'un geste las, Il-Hwan signifia qu'il n'avait pas faim.

– ... Taratata...

D'autorité, le serviteur zélé déposa la table basse sur laquelle fumaient quelques mets aux pieds de ce dernier.

–... Un peu de *kim-chi* ne saurait faire de mal à l'esprit. Celui du chou saura en tout cas redonner vigueur à votre cœur.

Il-Hwan sourit, et se félicitant d'avoir choisi de se faire accompagner par la bonne humeur incarnée, se laissa glisser de sa banquette pour s'asseoir, jambes croisées, à même le tapis de la cabine.

Le velours cramoisi, la lumière douce diffusée par les globes aux savantes arabesques, l'éclat poli du cuivre sur le bois sombre, toute cette profusion de luxe lui donna soudain l'illusion de se trouver dans une loge de théâtre.

–Quand je pense que nous ne devons nos malheurs qu'à l'existence de ce fichu train ! soupira-t-il tout haut.

Perplexe, Yu-Pok évita de lever les yeux vers son maître. En effet, comment aurait-il pu savoir que le conflit entre Russes et Japonais n'était né que des visées des premiers sur la presqu'île du Liao-Tong, tombée neuf ans plus tôt dans le giron des seconds lors du dépècement de l'Empire du Milieu ? Port-Arthur ne faisait-il pas un terminus rêvé, bien plus adéquat que la lointaine Vladivostok, en vue de l'achèvement de la construction du glorieux Transsibérien ?

Il-Hwan eut un petit rire qui sonna comme un lancer de dés dans une casserole fêlée.

Il attaqua une bouchée de *kim-chi*. Aussitôt, le piment frais marié à la saveur croquante du chou et de sa marinade d'ail et de gingembre réveilla son palais. Laissant rêveusement le jus irradier sa gorge, il agita ses orteils et, sans savoir comment, se sentit subitement revigoré.

–Yu-Pok, maugréa-t-il excité, apporte-moi mon nécessaire à encre et du papier, je vais t'apprendre le français !

– Poul-en-sés ? répéta Yu-Pok en roulant les yeux d'un air ahuri.

– Oui, tu as bien saisi, le français. As-tu oublié qu'une mission nous attend ? Que ferai-je donc de toi à Paris si tu ne comprends pas la langue de ses habitants ?

*

* *

Le lendemain, Yu-Pok fit irruption dans la cabine en tenant avec précaution un gigantesque plat.

Devant l'énorme volatile aux cuisses béantes nageant dans un liquide noirâtre, Il-Hwan eut du mal à masquer son étonnement.

Prié de fournir une explication, son serviteur s'exécuta en proie à la plus grande confusion :

– C'est que j'ai voulu ce matin exercer mon français en cuisine...

– Excellent, Yu-Pok, venons-en aux faits.

– Je n'en sais pas plus que vous, Maître. Je me suis seulement adressé au chef et je lui ai dit dans sa langue : « Poul-en-sés ? » Il s'est gratté la tête et m'a demandé de répéter. « Ah, a-t-il dit au bout d'un moment, poule en sauce », et il est revenu avec le plat et l'oiseau.

– Eh bien, Yu-Pok, il faut croire que les Occidentaux poussent la politesse plus loin que nous encore, et que flatté que tu aies reconnu sa nationalité, l'homme aura souhaité t'en remercier !

– J'en doute (gêné, Yu-Pok se gratta la gorge), parce que l'homme a demandé à être payé !

Il-Hwan étouffa le fou rire qui le gagnait.

Il contempla la plaine qui déroulait indéfiniment sa page blanche parfois ponctuée de villages minuscules devant lesquels la silhouette d'un cheval tirait une luge.

Dans quelques jours, Saint-Pétersbourg lui ouvrirait les portes de l'Europe et cette interminable traversée au milieu du néant ne serait plus qu'un souvenir.

À l'abattement couleur de deuil assorti à l'étouffant linceul qui recouvrait la campagne russe, succédait soudain en lui la plus formidable des allégresses. L'euphorie du départ retrouvée, il se sentait aujourd'hui assez d'appétit pour avaler un buffle.

Toussotant élégamment, il se retourna vers Yu-Pok. Hilare.

– Eh bien, qu'attends-tu ? Attaquons-la donc cette poule. La cuisine française n'est-elle pas la meilleure du monde !

Saint-Pétersbourg. Ses canaux, ses églises baroques, ses coupoles et ses dorures.

Il-Hwan débarqua dans la capitale des tsars quelques heures après que fut tombée la nouvelle d'un nouveau revers essuyé face aux Japonais.

Une pluie fine mouillait le pavé.

Impressionné par la majesté de la ville et par la largeur de ses avenues désertes bordées de façades aux colonnes gigantesques, il se fit aussitôt conduire chez le prince Kirin, naguère conseiller du roi Kojong du temps où ce dernier avait trouvé refuge à la Légation russe sous la coupe de Karl Waeber.

Kirin, qui avait lui-même aidé à la réorganisation de la Garde royale, était souvent l'invité de la famille d'Il-Hwan. Allait-il reconnaître aujourd'hui le jeune adolescent d'il y a neuf ans auquel il avait prodigué ses premiers cours de russe à l'ombre du Jardin aux Pivoines ?

Le prince vivait dans l'un des nombreux palais bordant les eaux noires de la Neva. Un palais en réalité fantôme. Un labyrinthe de corridors et de pièces glaciales aux meubles hérissés de housses et aux lustres recouverts de poussière dont, au grand étonnement d'Il-Hwan, il ne semblait occuper qu'une aile.

–Économie de chauffage ! grimaça son hôte qui lui parut incroyablement vieilli et quelque peu négligé dans sa robe de chambre aux brandebourgs élimés. Mais quel bonheur de respirer en votre compagnie un peu de ce parfum du Pays du Matin Calme ! À propos, n'auriez-vous pas dans vos bagages un peu de ce délicieux *kim-chi* ?

Ébahi, Il-Hwan détaillait les tentures vétustes et les tapisseries couvertes de vert-de-gris, sans se douter que le prince avait depuis perdu sa fortune au jeu.

–Pauvre Corée, n'est-ce pas ? (Kirin tirait sur un de ces longs cigares dont les volutes bleutées enveloppaient la chambre et ses boiseries d'une atmosphère irréelle.) Quant à cette guerre, désolé de le penser tout haut, mais nous ne l'avons pas encore gagnée... Avez-vous vu la discipline, l'efficacité et l'équipement de notre ennemi japonais ?

À cet instant, un son léger se fit entendre. Apparut alors, à demi vêtue sous un châle à franges, une créature à la démarche de danseuse qui s'agenouilla derrière un vieux samovar en faisant tinter ses bracelets d'hétaïre.

–Ma sœur, s'excusa Kirin. Sourde et folle. Mais ne sommes-nous pas tous devenus fous, n'est-ce pas le moyen de posséder des ailes quand le monde dans lequel nous vivons a définitivement perdu la tête ?

Le souper, uniquement composé d'œufs d'esturgeon servis dans une soupière en argent par un domestique bossu, fut néanmoins grandiose. Et la vodka aidant, Il-Hwan se laissa doucement envahir par la chaleur du décor où l'éclat de l'argenterie et le cristal de Bohême le disputaient aux ombres fantasmatiques projetées par la lueur des candélabres. D'autant qu'il n'était pas insensible à la voix langoureuse de la Créature qui, agenouillée à leurs côtés, s'était mise à chanter tout bas comme en écho à leurs solitudes. Non, bien sûr, Kirin ne pouvait rien pour Il-Hwan. Il le lui avait dit, quand bien même il eût souhaité obtenir une audience du tsar, la famille impériale batifolait au bord de la mer Noire dans sa résidence de Livadia. Par ailleurs, le moment était mal choisi, Il-Hwan le savait. Pour l'instant, la Russie ne risquait pas de se préoccuper de la Corée. Elle avait suffisamment de fil à retordre avec les Japonais.

– Sais-tu qu'en dix ans, cent cinquante mille paysans creusant la tourbe avec leurs mains ont péri pour édifier la Saint-Pétersbourg chérie de Pierre le Grand? lança brusquement le prince en sortant de sa torpeur. Et que, pendant longtemps, nul ne pouvait entrer dans la ville sans déposer une pierre à l'entrée...

– Je n'ai hélas apporté aucune pierre avec moi, soupira Il-Hwan que l'ébriété commençait à gagner.

– Fadaises! (Appuyé sur un coude au milieu de ses coussins de brocart décousus, le prince Kirin se redressa violemment.) Comme si tu n'étais pas venu déposer ta petite pierre à toi en traversant steppe et désert afin d'implorer l'aide de notre Sainte Mère Russie! La pierre de douleur de tout un peuple, Il-Hwan. Sauf qu'aujourd'hui mon pays va mal. Ou qu'il va bien (il rit), qui peut le dire? Tu sais ce dont j'ai rêvé la nuit dernière? (Kirin prit une grande inspiration, tandis que sa sœur, comme effrayée par le bâillement d'un fauve, disparaissait dans l'ombre dans un bruissement d'étoffes qui rappelait celui des feuilles mortes.) Imagine la grande place de notre Palais d'Hiver par les fenêtres duquel le jade trouble des eaux du canal inspira ses plus beaux poèmes à cet anarchiste d'Alexandre II... J'étais donc posté sous sa Grande Arche triomphale à attendre quoi, peut-être le dégel, lorsque je vis, dans un silence ouaté, les silhouettes noires d'une centaine, que dis-je, d'un millier de fantômes s'avancer à pas lents et crissants en faisant frissonner la neige derrière un pope ébloui, tout chamarré dans sa chasuble dorée. Ces hommes et ces femmes ne portaient aucune arme : pas plus de fourches ou de pelles brandies que les sons ne sortaient de leurs bouches gelées. Juste des icônes et des portraits de notre Nicolaïvitch éclairés par les lueurs tremblantes de leurs torches de résine, tandis que le bourdonnement d'une supplique, tranquillement, montait d'entre leurs lèvres et gonflait peu à peu leurs poumons, pour exploser en un chant lourd et grave quand ils furent parvenus aux portes du Palais...

« Plusieurs salves furent alors tirées. Nettes, claires. Précises comme des encoches taillées dans le cristal. Et je vis alors dans la confusion la plus extrême ces hommes et ces femmes chanceler tout en continuant de chanter, puis tomber les uns sur les autres, sans bruit, dans une sorte de ralenti spongieux, tandis que la neige tout autour se couvrait d'un sang visqueux... Drôle de rêve, n'est-ce pas ? Inutile de t'évoquer le soulagement douloureux que connut mon réveil. La vision me laisse encore dans la bouche un goût de cendres que la vodka n'est pas près de dissiper. As-tu déjà assisté à une manifestation, Il-Hwan, oui, à une de ces manifestations du peuple en colère comme nous les connaissons maintenant régulièrement à Saint-Pétersbourg ?

En Corée ? Son peuple à lui osant adresser ses remontrances à l'Empereur ? Les yeux écarquillés, Il-Hwan ne répondit pas. Toutefois, entre les brumes de l'alcool et les effluves de rose mélancolique abandonnés dans son sillage par la sœur, les images hachées d'une foule de paysans vociférants agitant leurs turbans d'un blanc sali s'imposa avec honte dans les méandres de son esprit, lui rappelant soudain qu'exaspéré par les exactions des fonctionnaires et par son éternelle misère, le peuple coréen, entraîné par la secte Tonghak, s'était lui aussi révolté dans son pays du temps où son père était gouverneur. D'ailleurs, appelés à l'époque à la rescousse, Chinois et Japonais ne s'étaient-ils pas fait prier pour envoyer leurs soldats mater par milliers les insurgés ? Incident de taille, mais qu'une fierté déplacée lui avait presque fait oublier !

Quelque chose comme de la honte et de la tristesse le submergea, en même temps qu'un éclair de conscience le galvanisait déjà : dans son syncrétisme simpliste, le credo des Tonghak n'était-il pas d'affirmer que tous les hommes – donc tous les peuples – étaient égaux !

– L'homme est Dieu..., murmura-t-il, un sourire de Bodhisattva en pleine extase s'épanouissant sur son visage.

Puis, la main encore vaillamment agrippée à son verre, Il-Hwan s'écroula ivre mort.

Le lendemain, sans plus attendre, il prit la route pour Vienne.

Tremblant, le gros doigt de Yu-Pok appuya timidement sur l'interrupteur. Jaillissant du plafond, une fontaine de lumière inonda aussitôt les tentures thé de l'Astoria dont l'architecture tarabiscotée donnait non loin du Ring.

Rêveur, le serviteur d'Il-Hwan répéta plusieurs fois l'opération, puis se dirigea vers la vaste penderie dont les boiseries tapissaient le mur. Curieux comme on s'habituait à tout ! Ou presque... Voilà à peine une semaine qu'ils étaient arrivés à Vienne et que le progrès à l'occidentale n'avait quasiment plus de secret à ses yeux, de ces « cages à miroirs » qui vous propulsaient à travers les étages sous l'égide d'un groom joufflu à calotte d'azur dont la seule tâche, jour après jour, consistait à appuyer sur un bouton... aux borborygmes de ces intestins de métal vous aspergeant d'eau sans que personne ait à la tirer du puits. La liste de ces inventions sulfureuses était longue. Ce qui l'épatait le plus restant sans doute le verre dépoli des baies qui permettait d'un seul coup d'œil de capter avec délice tout ce qui se passait sur la place qu'une paille fraîche jonchait les jours de marché : charrettes à bras se mêlant par exemple aux calèches d'où descendaient de jolies dames parfumées au bras d'élégants vieux beaux asticotant le pavé de la pointe insolente de leur canne à pommeau. Vision impensable dans son pays où les femmes de l'aristocratie n'avaient sûrement pas le droit de sortir dans la journée, éventualité possible dès que le soir tombait, et encore, le visage non découvert ! Ce qui l'intriguait aussi, sans pour cela lui déplaire, c'étaient ces croupes et ces poitrails si éhontément rebondis qu'on prenait parfois peur à les voir exploser. Étrange, dire que ces coquines mettaient un malin plaisir à les mettre en valeur en cambrant leur dodu fessier à coup de taille exagérément étranglée, quand les femmes coréennes, elles, faisaient tout pour comprimer leurs formes qu'elles n'avaient d'ailleurs pas aussi généreuses, grâce soit rendue à Sakyamuni...

Yu-Pok soupira tout en s'étirant douloureusement. Si encore il ne tombait pas chaque nuit de leur diable de lit, si désagréablement mou qu'on se croyait en pleine mer à peine endormi ! Enfin, au moins continuait-il de dormir sur le tapis. Il agita son plumeau pour se donner courage, et entreprit de sortir une à une les coiffes de gaze et de crin de son maître. Ce dernier mettrait-il celle aux jolis ailerons empesés ? Celle aux reflets de scarabée mordoré ? *Aïgou*, par la barbe d'Amitabha, c'est que son maître allait rentrer, que ce dernier sortait encore ce soir et qu'à soliloquer, lui, Yu-Pok, allait se mettre en retard.

À cet instant, un grattement léger se fit entendre à la porte. Yu-Pok porta aussitôt la main à l'emplacement du sabre court avec lequel il avait l'habitude d'effrayer les éventuels voleurs quand il effectuait sa ronde de nuit autour de la maison du maître. Pur réflexe. Quand il alla ouvrir, il ne trouva personne dans le couloir.

Hébété, il contempla le poisson couleur de soleil levant qui le dévisageait dans le minuscule bocal déposé sur le seuil, et fronça les sourcils. Aucune carte n'accompagnait le mystérieux présent.

S'agissait-il d'une plaisanterie ou d'un étrange cadeau de bienvenue ?

Drôle de pays, vraiment !

*
* *

Muni de nombreuses lettres de recommandation, Il-Hwan n'avait pas tardé, à peine arrivé, à se faire happer par les salons et les dorures du vieil empire austro-hongrois. Entre les thés dansants à l'hôtel Sacher, les représentations au Burgtheater et les soirées au palais du baron Schey ou du prince Schwarzenberg, les trompe-l'œil de Gaetano, les portiques néo-gothiques du Ring ou les quadrilles de la chauve-souris n'eurent bientôt plus de secret pour lui. Le tout-Vienne s'arrachait le bel Oriental taciturne dont les manières et l'humour exquis enchantaient. Les femmes surtout. Sur son passage, les gloussements redoublaient derrière les éventails. « Que croyez-vous qu'il cache sous ses robes ? – Un oiseau bleu, ma chère. Ne le saviez-vous pas ? La peau de ces Orientaux est, dit-on, si douce qu'ils en ont inventé la soie ! »

Ces succès mondains avaient de quoi griser Il-Hwan, d'autant qu'aux dernières nouvelles, les Russes venaient d'infliger un sacré revers aux Japonais au terme de treize jours d'une bataille des plus sanglantes le long du fleuve Cha-Ho. Malgré les pertes énormes qui s'élevaient selon les dires à plus de quarante mille hommes, n'était-il pas à nouveau permis d'espérer ? Pour preuve, plus il parlait de son pays, plus on l'écoutait. Chacun, il en avait la certitude, semblait ici s'émouvoir du sort de la Corée.

– Désolé de te le faire remarquer, mais c'est surtout à toi qu'« ils » s'intéressent ! lâcha un jour Lieber, un jeune dandy polyglotte rencontré au hasard de plusieurs soirées... Les salons s'entichent de ta personne comme d'une de ces chinoiseries tapissant le cabinet Vieux-Laque au château de Schönbrunn. Demain, ils s'affoleront devant le turban de quelque sultan ottoman ou les cicatrices d'un officier boer rescapé par miracle d'un des délicieux camps instaurés par Chamberlain au fin fond du Transvaal...

Surpris par le ton agressif de son nouveau compagnon, Il-Hwan avait dévisagé le jeune Hongrois à barbichette blonde – peintre à l'occasion depuis que ses poumons lui interdisaient de faire le tour du monde –, dont les yeux trop pâles lui rappelaient le bleu extatique des vierges de Lotto ou de Caravage admirées le matin même au Kunst Museum.

– Viens donc au Central, je t'y présenterai nos amis sécessionnistes. Avec eux, tu verras enfin de quoi le vrai Vienne est fait.

À son grand étonnement, Titus – c'était son prénom – avait baragouiné sa dernière phrase en coréen. Si ce n'est qu'au milieu des angelots soufflant dans leurs trompettes et des plafonds moulurés d'or de la pâtisserie Demel, le son plutôt incongru de sa propre langue le fit éclater de rire.

– Je t'épate, n'est-ce pas ?

Le jeune homme lissa élégamment son bouc. Il-Hwan eut le temps d'admirer la magnifique chevalière qui ornait son petit doigt.

– ... Je n'ai pourtant aucun mérite, ta langue et la mienne ont toutes deux la même origine ouralo-altaïque ! reprit le Hongrois. (Puis, fronçant les sourcils.) À propos, sais-tu que depuis le rappel des réservistes en Russie, les manifestations qui s'y succèdent contre le tsar résonnent aux cris de « Vive le Japon ! ». Le monde à l'envers n'est-ce pas ?

Le regard d'Il-Hwan erra un instant entre les pyramides de truffes à la violette, les strudels poudrés de sucre et les guirlandes de pain d'épice fourré à la mandarine, et alla se fixer sur les uniformes bigarrés d'une fanfare qui déambulait solennellement dans le reflet de la vitrine.

Le monde à l'envers ? Sûrement. Songeur, il chassa de son esprit le contenu ignominieux du billet découvert le matin même sur le plateau du petit déjeuner : *Les Coréens seront toujours les chiens des Japonais !*

Si son aimable expéditeur pensait ainsi provoquer sa rage, il se trompait.

Sans doute, le jeune et brillant linguiste que grisaient naguère les voyages avait-il toutes raisons d'exprimer son aigreur. En ce qui le concernait, sa détermination à bouter l'oppresseur et à venger son pays humilié ne s'en trouvait que décuplée !

*

* *

– Vienne ? C'est le centre du Vide, mon cher ! ricana une voix de stentor surgie d'une alcôve.

Les yeux irrités par la fumée des cigares, Il-Hwan détaillait non sans curiosité la faune qui évoluait entre les boiseries fauves et les miroirs biseautés du Sperl. Ici, comme au Herrenhof où Musil se faisait adresser son linge ou au Nihilismus où Klimt refaisait le monde en couleurs, on se retrouvait pour commenter la presse internationale ou les derniers vers de Hugo von Hofmannsthal, on discutait élections et art total, et on perdait surtout sa culotte en jouant aux cartes.

Titus lui avait présenté le peintre Kokoschka. Il s'était essayé au billard avec le biographe de Kafka, échauffé sur la musique atonale en compagnie d'Anton Bruckner tout en approuvant l'influence de l'estampe japonaise sur l'art nouveau de concert avec Kolo Moser. Des noms qui sonnaient, et pour cause, parfaitement inconnus à ses oreilles, mais des rencontres qui avaient eu le don de le mettre en transe dès les premiers jours, comme s'il n'était venu découvrir l'Europe que pour assister à son fascinant renouveau.

– Que le vieux François-Joseph rejoigne saint Pierre, et des siècles tomberont d'un seul coup en poussière, renchérissait-on en chœur. L'Empire austro-hongrois n'est plus qu'un macchabée qui attend d'être mis en bière !

– Moi, je dis qu'art et sécurité n'ont jamais fait bon ménage, nuançait Titus, perplexe, tout en humant l'air avec ostentation. Qui sait ce qui risque d'ébranler le monde de nos pères ? Mon avis à moi, c'est que cela sent la terre avant l'orage !

Toujours est-il que face à la tendance générale à faire table rase du passé, la première réaction d'Il-Hwan avait été l'indignation, oubliant déjà qu'il se battait lui-même pour l'ouverture d'un pays trop longtemps paralysé par la rigueur de ses traditions. Réflexe ridicule, heureusement vite balayé par son enthousiasme à découvrir les noces folles de l'Orient et de l'Occident dont les courbes alanguies et les motifs floraux décoraient la coupole du pavillon de la Sécession ou les pages glacées du Ver Sacrum.

« Observe, Il-Hwan, soufflait le vent à ses oreilles, imbibe-toi de cet incroyable renouveau, repais-toi de cet avenir radieux, ton pays n'en fait pas exception ! »

Au bout de deux semaines pourtant, il commença à se demander en quoi l'art du carré – qui tentait au cours de houleuses discussions à supplanter l'arabesque végétale – pouvait bien changer la face du monde, autrement dit empêcher les Japonais de s'emparer de la Corée. La réponse, au bout d'une nuit d'insomnie, tomba comme un couperet : Vienne ne s'intéressait qu'à l'esthétique de son nombril. Pire, rien ne semblait la distraire en dehors de sa forme. Comme disait Titus, peut-être que le peuple se réveillait. En attendant, ses amis, eux, ne faisaient qu'écrire des poèmes.

Le profil en médaille du dandy surgit entre les colonnades en stuc, bondissant tel un elfe entre les banquettes de velours cramoisi qui semblent border la salle comme une gigantesque piste de bal, saluant ici et là le froissement d'un journal, le pince-nez d'un échotier ou les gémissements d'un artiste éructant son vague à l'âme.

Brandissant un télégramme, ce dernier s'arrête devant la table d'Il-Hwan. Essoufflé et joyeux.

– Oh, oh ! Besoin de grand air, on dirait.

Il-Hwan ne répond pas. Un bousculement de chaises accompagne un brouhaha à la table voisine où l'on s'étripe au sujet du dernier concert de Gustav Mahler, tandis qu'une voix aiguë suggère de rebaptiser le jaune

« Marie-Thérèse » – décidément vulgaire et trop académique – en « fiente de banane » ou « caca d'oursin ».

– Cela tombe bien. (Le peintre réclame au garçon qui passe une fiole de vin du Burgenland bien sec.) Puisque je parie que l'oiseau voulait m'annoncer son départ pour Paris, je lui propose de m'accompagner respirer l'air pur des montagnes en chemin. L'Engadine, ça te dit ? Pontresina, Saint-Moritz... Avant que la saison des sports d'hiver ne batte son plein, je dois y retrouver le comte X, vendeur d'armes et surtout mécène des plus influents.

Une vaste étendue vierge aux sillons gelés, cernée de crêtes déchiquetées. Et tout au milieu, courant derrière les petits nuages en forme de fleur que dessine leur haleine, une grappe d'enfants aux vêtements multicolores cherchant à taquiner un bœuf roux poudré de blanc. Devant le bœuf, la hotte d'un paysan. Ses orteils dépassent comiquement de ses chaussures en paille qui s'enfoncent dans la neige...

Pourquoi cette image, banal souvenir d'enfance du temps où il allait retrouver son grand-père dans la belle maison du gouverneur du Kyong-San-do ? Par quelle nostalgie déplacée se met-il à présent à rêver du froid piquant qu'il devait faire en Corée ou du plaisir simple de partager une platée de nouilles fumantes dans une auberge de montagne ?

Une envie soudaine de plonger tête la première dans l'eau glacée d'un torrent, et de se rouler tout nu dans la neige afin de se purger de ce décorum en trompe-l'œil et de ce trop-plein de crème fouettée, le fait s'ébrouer sur place comme un jeune chien.

– C'est bon, rétorque-t-il, étonné de faire passer son bien-être personnel avant l'objet de sa mission, je t'accompagne.

*
* *

À l'immense déception de Yu-Pok, le poisson aux nageoires couleur de soleil levant mourut la veille de leur départ de Vienne. Tristesse, car le serviteur d'Il-Hwan commençait à s'habituer à ce compagnon de solitude auquel il racontait des histoires de courgettes volantes et de femmes-renards tout en attendant son maître. Amertume, car il comptait bien offrir le poisson à la gentille soubrette aux tresses enroulées en macaron avec laquelle il se surprenait de plus en plus souvent à philosopher sur les petites vicissitudes des Grands de ce monde, quand, à son humble avis, il faisait presque bon se résigner à rester sagement dans leur ombre. Certes, Ilse ne comprenait un traître mot à son discours, mais elle souriait, visiblement troublée par l'imposante stature de cet Oriental mystérieux ; ses yeux savaient s'humidifier quand Yu-Pok, d'une voix tremblante, s'indignait des migraines et crises de foie répétées de son maître, et ses lèvres s'entrouvrir lorsque, penché au-dessus des collines rebondies de son décolleté, ce dernier faisait mine de se débarrasser d'un poil imaginaire courant sur le rideau. *Par l'ongle incarné du gros orteil du Vénéré Bouddha*, c'est sûr que la vision de ces deux petites cailles chaudes toutes frémissantes, sagement lovées dans la dentelle de son corset, lui manquera.

Bah ! Tout en regardant le poisson rouge disparaître au fond de la cuvette d'aisances, il se consola à l'idée de lui laisser au moins le bocal.

Tout de même, c'était pitié. Fallait-il que son maître ait du piment pilé dans la tête pour ne s'être à aucun moment demandé d'où provenait le mystérieux présent !

Essoufflée par la rudesse de la pente, Éléna avisa un petit plat bordé de sapins noirs qui dessinaient une ligne touffue au-dessus du dernier chalet surplombant Pontresina. De là-haut, elle pourrait tout à son aise détailler les toits de bardeaux et les piles de bois soigneusement entassé qui s'égrenaient le long de la vallée, ainsi que les courts de tennis enfouis sous la neige et le dôme imposant du Krönenhof où sa sœur et elle descendaient chaque année.

Étrange comme on s'accoutumait à tout. Hier l'Afrique, demain, là où la carrière de Charles-Louis les conduirait... Elle songea, perplexe, avec quelle facilité son quotidien s'était accommodé de la maison à Saint-Mandé, troquant du jour au lendemain termitières et pistes de latérite pour la mouillure grise des allées et de leurs marronniers. Bien sûr, il avait fallu tout organiser, trouver du personnel, redécorer, lancer des invitations à tour de bras pour faire savoir qu'on existait, en bref, tout ce qu'elle détestait. Et hop, aujourd'hui, se retrouver au milieu de ces neiges éternelles et de ce cadre irréel, et soudain, oublier. Oui – elle rit – tout oublier.

Ses pieds s'enfoncent dans la poudreuse avec un petit crissement étouffé. Éléna reprend son souffle et se laisse un moment absorber par la blancheur du silence. Une sensation grisante l'envahit. Éblouissement de la page blanche.

Idée soudaine et saugrenue d'une renaissance.

Ses yeux brûlent.

Faut-il en rire ou en pleurer ?

Le sourire éclatant de sa sœur lui annonçant le matin même de leur arrivée qu'elle est enceinte ? Elle n'avait pas eu le temps de manifester sa joie. Clara s'était aussitôt excusée. Elle était désolée... Désolée ? Mais de quoi ? De lui rappeler qu'après trois années de mariage, elle n'avait pas encore d'enfant ? Allons ! Devant son air apitoyé, elle avait haussé les épaules.

Enfantait-on d'un homme qui ne vous touchait pas ?

La lumière tombait.

Absente, Éléna se mit en devoir de regagner l'hôtel en coupant à travers champs. Ce n'est qu'arrivée devant le porche illuminé où calèches et traîneaux à sonnailles attendaient déjà les couples en zibeline et en pelisse fourrée qu'elle réalisa que ses bas étaient trempés.

Dans le hall, on allait et venait. Le Krönenhof se réveillait. Machinalement, elle jeta un coup d'œil dans le grand salon pour vérifier si sa sœur s'y trouvait. Entre les vases de Gallé croulant d'orchidées et les corbeilles de fruits rares disséminés sur le piano, quelques gandins désœuvrés sirotaient un verre en attendant que leur compagne se fasse lacer le corset. À l'heure qu'il était, rasé de frais, Charles-Louis, rose à la boutonnière et haut-de-forme sous le bras, devait sonner à la grille de l'avenue Bugeaud où vivait sa maîtresse. « Une grande blonde fessue, au sourire légèrement chevalin, qui mange comme un cocher! » avait-t-il un jour lâché devant Éléna par pure provocation. Éléna n'avait jamais été dupe. Cette double vie, n'en était-elle pas l'instigatrice? Les frasques du beau Charles-Louis – qui prisait fort le charme indigène et raffolait de ces croupes dodues et autres mamelles en obus – étaient du reste connues du tout-Bamako. Mais contrairement à ce que les autres pensaient, cet état de fait l'arrangeait: ne vivait-elle pas sa solitude en paix tout en profitant de la compagnie d'un mari dont l'humeur, avait-elle remarqué, était toujours des plus enchanteresses « après »!

La silhouette d'un homme se découpant à contre-jour devant l'énorme bow-window attira son regard. Assis de profil, oublieux de l'agitation et des lumières, ce dernier tirait par intermittence sur un fume-cigarette, comme absorbé par sa rêverie et le jour qui tombait sur la féerie du parc. Sa mélancolie, contrastant avec les rires feints qui fusaient sous les lambris, retint son attention plus qu'elle n'aurait voulu. À quoi donc pensait cet homme? Elle nota l'élégance discrète du costume coupé à l'occidentale malgré le fait qu'il fût étranger, le blanc étincelant d'une manchette qui tranchait sur la peau sombre du poignet tout comme l'anneau en argent qu'il portait au petit doigt, avant de réaliser tout à coup que, contrairement à la mode en vigueur, l'homme – visiblement oriental – n'arborait ni barbe ni moustache, ce qui sans nul doute accentuait la finesse de ses traits.

À cet instant, une voix tonitruante retentit à l'entrée du salon.

– Éléna, douce amie, vous voilà!

Tirée de sa contemplation, Éléna reconnut, tout gesticulant et postillonnant dans sa redingote de voyage, Todorov, un excentrique d'une laideur abyssale qui passait, disait-il, son temps à faire le tour du monde en quête de la femme de sa vie.

– Tout arrive, s'empressa de claironner le curieux personnage, savez-vous que je suis tombé amoureux ? (Il fit un grand pas pour mieux se coller contre Éléna qui cherchait désespérément à l'éviter en reculant au fur et à mesure qu'il avançait.) Mais oui, a-mou-reux. D'une créature dont le charme et l'impertinence n'ont d'égal que le feu de mon esprit égaré !

D'un geste, il désigna une petite guenon au mufle chiffonné qui s'empiffrait derrière un compotier et qui, d'un bond, vint s'accrocher au lustre qui commença à tanguer.

– Regardez, soupira le Russe, si jeune et déjà si agile à tester les progrès de l'humanité !

Gênée, Éléna détourna la tête.

Entre-temps, l'inconnu devant le bow-window s'était évaporé.

*

* *

Pontresina, 18 novembre 1904

Ma chère épouse,

Vous serez heureuse d'apprendre que votre époux se porte à merveille et que sa mission se poursuit comme prévu. Que notre pays lui manque va sans dire, mais savoir que vous menez les affaires de notre maison de cette main souple mais ferme qu'il vous connaît apaise sans nul doute la douleur constructive de l'éloignement.

Je suppose que notre fils a dû grandir. La gravité sans pleurs dont il a su faire preuve du haut de ses quatre ans le matin même de mon départ laisse augurer du plus réjouissant self-control, qualité qui lui sera d'un aimable recours plus tard. N'hésitez nullement néanmoins à user de votre sévérité en mon absence...

Il-Hwan laissa retomber sa plume. Ridicule. Pourquoi était-il incapable de se concentrer, encore moins de songer à la Corée, lui qui, pas plus tard qu'hier après-midi, combattait les affres d'une mélancolie qui frisait presque la sensiblerie à l'égard de sa famille et de son pays ?

Agacé, il déchira sa lettre sous l'œil ahuri de son serviteur qui, accroupi derrière la malle-cabine, préparait mollement leur départ pour Paris, puis alla se poster face à la fenêtre afin d'oublier la présence de celui qui guettait la moindre de ses réactions avec une attention de petite mère éplorée. Dans un brouhaha sourd, il se revit brusquement la veille, pénétrant derrière les portes capitonnées du Casino de l'hôtel plus par désœuvrement que par curiosité, tout à son irritation d'avoir accepté l'invitation du peintre frivole qu'une affaire de dernière minute retenait à Vienne.

C'est alors qu'une robe sage en dentelle noire, celle d'une jeune femme blonde un peu pâle jouant seule au milieu de tous ces hommes tout en ignorant avec superbe la fumée des cigares, avait attiré son regard au milieu de toute cette tension moite et du claquement frénétique des jetons. Sans doute parce qu'elle gagnait. Oui, cette femme gagnait à un point indécent. Et qui plus est, sans paraître concernée, ce qui était bien le comble de tout.

De prime abord choqué – parce qu'il n'aurait jamais imaginé rencontrer une femme seule dans un tel lieu de perdition –, Il-Hwan s'était approché. Fasciné non par le charme – car peu habitué à la beauté occidentale, il préférait se dire que, dans ce monde des Apparences et de la Représentation, toutes ces créatures apprêtées se ressemblaient – mais par quelque chose de... Oui, c'était ça, maintenant qu'il y pensait... quelque chose de brillant et d'éperdument solitaire qui lui rappelait à s'y méprendre son état d'âme du moment.

Il soupira et se retourna vers Yu-Pok.

– Sais-tu que les Japonais viennent d'assiéger Port-Arhur ?

Sa voix résonna sourdement comme si la neige s'était déjà chargée de recouvrir l'information de son silence tout blanc.

Par quelle correspondance immédiate et intime Il-Hwan s'était-il senti chez lui à peine débarqué à Paris? Mystère. Bien sûr, les proportions, la perspective des façades, des frises et des balcons, l'alignement de toutes ces vitres tremblées vibrant au passage de chaque tramway, tout comme l'étroitesse guillerette de certaines rues ou ces bataillons de marronniers poussiéreux bordant chaque avenue ne ressemblaient en rien à ce qu'il avait imaginé au fil de ses lectures. Mais si Saint-Pétersbourg évoquait la démesure et Vienne la frivolité à ses yeux, Paris, elle, s'accordait comme un charme à la dualité de ses humeurs. Tantôt triste, tantôt gaie. Gouaillante et pétulante côté faubourg. Élégante et discrète dans les beaux quartiers. Et ça lui plaisait.

Installé au Meurice face au jardin des Tuileries, Il-Hwan passa les deux premiers jours à marcher sous le regard sceptique de Yu-Pok qui ne comprenait pas qu'on cherchât à s'imprégner d'un lieu pour en capter l'esprit, et qui commençait à avoir bigrement mal aux pieds. Encore heureux qu'il ne lui soit pas donné comme en Corée de suivre son maître partout où il allait en transportant le précieux « vase d'aisances » dont le cuivre pesait des tonnes (mais qui savait aussi servir de crachoir et même de bougeoir quand on en retournait le précieux couvercle ouvragé !). Enfin ! La vie à Paris n'aurait pas été déplaisante si au moins il lui avait été possible de cuire du riz et d'échapper ainsi à la fadeur de cette cuisine occidentale que le maître faisait monter dans leur suite quand il n'était pas sorti. Question gastronomie, Yu-Pok préférait d'ailleurs de loin ses petites escapades dans les tavernes environnantes. Si ce n'est qu'il lui fallait encore user ses semelles pour trouver un peu de vie.

C'est justement en rentrant de la rue Montmartre, où il avait sympathisé avec un cocher puis un portier, un soir que son maître était allé retrouver l'ancien consul de France, qu'il tomba sur une étrange petite boîte déposée sur le seuil de leur suite. Un peu gris, Yu-Pok la soupesa, la secoua, puis la porta à son oreille. Enfin, de plus en plus intrigué, il se décida à en ouvrir le couvercle en carton soigneusement perforé : cinq magnifiques cafards d'un brun luisant s'en échappèrent, en même temps qu'une carte écrite en japonais, signée « COMTE FUKUSAWA ».

Cela n'augurait rien d'assez bon pour prendre la peine d'en inquiéter le maître. En revanche, il fallait maintenant récupérer les petites bêtes. Ce qu'il fit à quatre pattes en pestant contre ces meubles qui ne pouvaient se passer de pieds comme en Corée. Puis, tranquillement, assis en tailleur sur l'épais tapis de Turquie, il entreprit d'en déguster une, rien que pour savoir le goût que cela avait.

Bah, cela n'était pas plus répugnant que de se taper une demi-douzaine d'escargots.

Cela craquait juste un peu bizarrement sous la dent.

*

* *

Retrouver le vieux diplomate dans cet appartement parisien qui donnait sur le Luxembourg était aussi déconcertant que réconfortant. Linguiste chevronné, celui-ci s'exprimait d'une voix lente dans un coréen très pur, tout en caressant comme autrefois Il-Hwan du regard.

Ce dernier se laissait envelopper par la pénombre qui tamisait l'éclat des tentures, jetant un œil à la fois attendri et perplexe sur les magnifiques pièces d'art coréen disséminées dans le salon. Il y avait quelque chose de douloureux à surprendre hors contexte ce brûle-parfum Min ou ce céladon de l'époque Koryo gisant sur une console Empire sans plus de sens qu'une main coupée abandonnée sur le banc d'un tramway.

On parla politique. L'ancien consul, qui n'était pas sans connaître la voracité nipponne en matière expansionniste, se montrant fort inquiet sur le sort de la Corée demeurée trop longtemps fermée.

Il-Hwan acquiesça poliment, avançant toutefois que son pays comptait bien sur l'appui de la France en tant qu'alliée de la Russie.

– Bien évidemment...

Soudain moins loquace, le vieux diplomate sembla fuir le regard d'Il-Hwan. Le ministère Combes, malheureusement, vivait ses dernières heures, ce qui signifiait que, dans quelques semaines, les portefeuilles ministériels seraient redistribués.

–Il vous faudra donc prendre votre mal en patience avant de contacter les membres du gouvernement. Mais franchement (le consul tendit le bras vers un élégant coffre chinois sur lequel trônait un précieux nécessaire à cognac), je ne sais pourquoi (mouvement évasif), peut-être cette folie coloniale dans l'air du temps, mais je doute qu'on vous écoute au ministère. Qui plus est depuis cette « Entente cordiale » qui nous voit à nouveau amis avec messieurs les Anglais, ces derniers fricotant hélas activement avec les Japonais de peur de voir leurs intérêts menacés en Chine si une Russie victorieuse continuait à occuper la Mandchourie. Et puis, ne l'oubliez pas, depuis que le Japon a obtenu de la Corée le renvoi de sa mission diplomatique, ici, même envoyé par l'Empereur, vous n'existez pas ! Non, croyez-moi, mon ami, vous trouverez plus sûrement crédit aujourd'hui auprès de quelques farouches détracteurs du colonialisme parmi lesquels je compte de nombreux amis. Conjointement, il vous faudra rencontrer des journalistes, et puis sortir, oui, sortir afin d'aller à la rencontre de tout ce que ce petit monde compte d'influent, et travailler ainsi au corps notre opinion publique, enfin, si je peux m'exprimer ainsi. Certes (ravi de sa sortie quelque peu aidée par une large gorgée de cognac, le consul commençait à s'exciter), un travail de longue haleine, mais qui finira bien par porter ses fruits.

Le regard se fit appuyé. Cette fois, Ernest de La Royère n'hésita pas à jouer de la prunelle, plongeant sans retenue dans celle d'Il-Hwan dont il appréciait depuis si longtemps le profond velouté. Un regard qui en disait long, sans que ce dernier sache très bien si la Corée, du coup, s'y trouvait impliquée.

Dès le lendemain, grâce à l'active entremise du consul, Il-Hwan obtenait deux rendez-vous.

Le premier concernait l'ancien député Albaron, qui militait activement à la Ligue pour la défense des droits de l'homme créée depuis peu par l'ancien garde des Sceaux Trarieux au moment du procès Zola. Ce dernier le reçut en robe de chambre dans son salon en rotonde et se lança d'emblée dans un panégyrique sur la mère République et le triomphe de la Raison, quand Il-Hwan – qui l'avait écouté patiemment vanter les mérites d'une démocratie qui saurait enfin mener à bien la séparation de l'Église et de l'État – se permit de lui faire remarquer que la Corée, pour le moment, ne risquait guère d'en arriver là.

Le député ouvrit alors de grands yeux tout en serrant d'un air faussement offusqué les cordons de son rase-pet aux reflets réséda.

– Mon cher, mais que dites-vous là ! Que votre pays n'est pas capable d'instaurer cette belle chose qu'est la démocratie ? Insinueriez-vous du même coup qu'elle ne peut être le fait que des races dites « supérieures » ? Quelle horreur, mais ne voyez-vous pas, malheureux, que vous apportez là de l'eau au moulin de ces sombres crétins qui par leur paternalisme roublard prétendent éclairer de leur civilisation ce qu'ils appellent les races « inférieures » ! Eh bien, je vais vous en raconter une bien bonne : savez-vous ce que Clemenceau a un jour déclaré à la Chambre des députés ? Qu'il en rabattait singulièrement à ce sujet depuis qu'il avait entendu des savants allemands démontrer scientifiquement que la France devait être vaincue dans la guerre franco-allemande parce que nous étions d'une race inférieure à la leur ! Vous vous rendez compte, n'est-ce pas ?

– Oui, répliqua doucement Il-Hwan qui avait renoncé depuis un moment à poursuivre, je me rends compte que vous êtes fatigué et qu'il est temps pour moi de prendre congé.

– Quel dommage, songea-t-il à haute voix en passant la porte, quel dommage de gâcher ainsi sa vue à regarder le monde du petit bout de sa lorgnette.

– *Le petit bout, le petit bout*..., hurla d'une voix stridente le ménate du député dont la cage trônait sur la console du vestibule. *Le petit bout de sa*...

Mais Il-Hwan, désireux d'oublier au plus vite le goût amer que lui laissait sa première visite, était déjà loin.

Respirant quelque part le parfum d'une brise légère qui montait de la Seine.

*

* *

Pour son entrevue chez le célèbre avocat Rathus, anti-dreyfusard notoire et franc-maçon, Il-Hwan dut se rendre sur les coteaux de Sèvres en empruntant le vapeur. Une expédition bucolique qui l'enchanta. Même si une fois reçu dans la splendide demeure fleurie au cœur des anciens jardins de la Pompadour, il dut faire antichambre deux heures durant avant de se faire annoncer par un majordome en gants blancs que Monsieur se trouvait indisposé, une huître avariée ayant eu raison de son foie délicat.

Toutefois, histoire de se faire pardonner, le maître des lieux proposait à Il-Hwan de se joindre dès le lendemain à la grande soirée donnée par son ami Aristide Beaugrain en son hôtel particulier du parc Monceau.

« Eh bien, nous irons, soupira Il-Hwan. Puisqu'il le faut. »

*

* *

– Maître, vous n'imaginerez jamais ce que j'ai vu.

Bouillonnante d'indignation, la grosse face de Yu-Pok suintait sous la lampe tel un poivron d'automne frit.

– Une femme, une femme conduisant un de ces monstrueux fiacres à moteur !

– Certes, murmura Il-Hwan absent, on appelle ça ici un « autotax ». Et alors ?

– Et alors, et alors ? Je parle au Maître d'une femme, une vraie (les mains palpèrent l'espace en esquissant d'imaginaires rondeurs), coiffée d'une casquette en cuir bouilli et assise comme les cochers derrière le volant de l'un de ces engins de malheur qui pétarade dans la plus abominable des fumées, et c'est tout ce qu'il trouve à dire ! En tout cas, il peut être sûr que jamais il ne me verra monter dans l'une de ces boîtes à roues si elle n'est pas conduite par un homme.

– Et pourquoi donc ? le taquina Il-Hwan qui ne voulait pas montrer qu'il était à son tour un peu choqué.

– Mais parce que les femmes sont sujettes aux émotions les plus vives, voyons ! Et qu'il faudrait être inconscient pour ne pas mourir de peur à l'idée de se retrouver projeté tête la première dans un fossé !

– Pas si sûr, pas si sûr, mon ami (Il-Hwan posa de côté *Les Nourritures terrestres*), les femmes ont parfois le sang beaucoup plus froid que le nôtre. Ne m'as-tu pas raconté que tu étais toi-même né dans la montagne au plus fort de l'hiver quand ta mère ramassait du bois ? Ne gardes-tu pas toujours sur toi le couteau à poisson avec lequel la brave femme, aspirée par la tourmente, t'a coupé le cordon ?

– Peut-être, bredouilla Yu-Pok. Mais ce n'est pas une raison. Ma mère n'a rien en commun avec les créatures qui se promènent au bois.

Il régnait dans la gigantesque serre une touffeur tellement inattendue en plein mois de décembre que les gloussements des invités s'interrompirent, laissant place aux louanges et aux exclamations de rigueur, vite étouffées par l'énorme structure de métal et de verre où s'enchevêtraient les plantes et les fleurs les plus rares. Normal, ne fêtait-on pas ce soir même le chauffage révolutionnaire que le richissime Aristide Beaugrain, industriel de son état, venait à grands frais d'installer afin d'offrir à ses plus belles orchidées la température souhaitée ?

Laissant la foule piétiner d'aise entre les népenthès et les aroïdées, Éléna était restée en retrait, plongée dans la contemplation minutieuse d'une grande fleur carnassière dont la large corolle rouge sang prêtait un sourire ambigu à son œil en viseur.

– Étonnant, n'est-ce pas ? chuchota une voix masculine dans son dos. Le spectacle de tant de luxure et de foisonnement inquiétant ne réveille-t-il pas en l'humain un peu de cette énergie primitive enfouie sous la cornée de toutes ces bonnes manières ? Auriez-vous lu le dernier ouvrage de ce Mirbeau dont on parle tant ?

– *Le Jardin des Supplices* ? murmura Éléna distraitement tout en poursuivant le cadrage imaginaire du pistil et des étamines étrangement velus. Vu le scandale soulevé par la teneur du roman, votre question, monsieur, tient à l'évidence de la provocation.

Elle se détacha à regret de son sujet et se retourna.

L'homme qui la dépassait d'un bon pied était plutôt bien fait. Sujet de Sa Majesté à n'en pas douter, d'après la moustache blonde et l'accent affecté. Elle se demanda soudain pourquoi le personnage du sadique ou l'amateur de torture en littérature incombait souvent au méchant Anglais. Préjugé stupide qui – si l'on en croyait les mamours de l'Entente cordiale – trouverait vite une autre cible...

Cette pensée la fit sourire, la disposant du coup un peu mieux à l'égard de cet étranger qui ne cessait pourtant de la dévisager ardemment derrière son monocle. Pas le moins du monde gêné par sa remarque, ce dernier s'était déjà lancé sur une comparaison osée entre ce jardin de tous les supplices et leur société.

Coup d'œil d'Éléna en direction de Charles-Louis qui, très accaparé, s'éloignait à travers le parc vers la demeure somptueusement illuminée.

– Effectivement, répliqua-t-elle sèchement avec la ferme intention de prendre congé, j'apprécie fortement le pamphlétaire chez ce Mirbeau. D'ailleurs, ajouta-t-elle tandis qu'il lui emboîtait le pas avec empressement, j'ai toujours plaint les fleurs qui ne semblent avoir été arrachées à leur terre que pour le seul plaisir d'être contemplées !

À cet instant, un attroupement se forma au pied du grand escalier en haut duquel venait de surgir le maître de maison en compagnie du célèbre Rathus et d'un imposant personnage tout de soie revêtu.

– *Good gracious*, murmura l'Anglais, l'Orient vient à nous, on dirait !

– Krönenhoff, reprit Éléna sur le même ton, il faut croire que j'ai des visions !

Et dire que sur le coup elle n'avait pas reconnu l'étranger de Pontresina à cause de sa coiffe de gaze noire ornée d'ailerons.

Petit homme replet à voix de stentor, l'avocat qui avait chaleureusement invité Il-Hwan à se joindre à la fête Beaugrain multipliait les présentations, bourdonnant de groupe en groupe en insistant avec emphase sur le titre de son protégé qui n'était autre – étonnez-vous du peu – que l'émissaire du Roi de Corée, le mot résonnant dans son palais avec des langueurs autosatisfaites de rot avarié.

Réaction immédiate : les salons en enfilade dont les portes-fenêtres donnaient sur le parc Monceau se mirent à bruire aux accents de ce petit pays lointain et ami, incarné avec autant de mystère par les dragons et les phénix cousus au fil d'or sur le plastron brodé de son Envoyé.

L'on compatit et l'on promit. Un journaliste donna rendez-vous à Il-Hwan pour une interview exclusive dans *L'Écho de Paris*, Mme von Meck, protectrice de Tchaïkovski, proposa une rencontre avec Pierre Loti et Anna Gould, héritière du roi des chemins de fer américains suggéra, larme à l'œil, que *La Semaine de Suzette* fêtât son premier numéro en évoquant les mœurs exquises de ce peuple méconnu, représenté ce soir avec autant d'esprit. Puis on passa à la salle à manger.

La discussion sur l'abrogation de l'article 298 du code civil interdisant tout remariage en cas d'adultère s'enlisait malgré une diversion sur les derniers succès de Dranem à l'Eldorado. Coincé entre la femme d'Aristide Beaugrain – dont les hennissements faisaient vibrer le cristal de Murano – et un membre de l'Institut Pasteur qui bavait en éructant sur son plastron, Il-Hwan, à présent, s'ennuyait ferme d'autant qu'habitué à se sustenter à la Coréenne en fin d'après-midi, ces soupers de minuit devenaient une véritable torture.

Le décor en revanche l'impressionnait : le mobilier Napoléon III plutôt funèbre, les nus dans leurs niches comme autant de saints iconoclastes poudrés d'or, cette profusion de marbre, de draperies, de pilastres et de vitraux conféraient à l'endroit une atmosphère désuète de fruit sur. Quelque chose de décadent et de poussiéreux comme un battement d'ailes noires. De même qu'usées par les plaisirs et les mets, les physionomies autour des tables à présent s'amollissaient, chairs tombantes et flapies, vaincues par une sorte de lassitude, de gravité qui ne manquait de détoner au milieu de tant de frivolité.

« La vieille Europe », se dit-il.

– Ne dirait-on pas un pied d'enfant ? lui susurre sa voisine en désignant le médaillon de veau nageant dans sa sauce Madère.

À cet instant (pourquoi ? comment ?), quelqu'un évoqua le massacre des religieuses et des missionnaires en Chine lors de la révolte des Boxers. La bonne conscience européenne, que les tueries de Jaunes ou de Noirs laissaient en général de marbre, s'indignait. Un diplomate – qui disait avoir réchappé à cet abominable sursaut de xénophobie quatre ans auparavant – en rajoutant dans les détails et tenant son auditoire en haleine par la description des supplices les plus monstrueux infligés aux martyrs chrétiens par cette race de barbares et de tortionnaires qu'il fallait sans plus attendre partir humaniser. S'ensuivit un silence accablant.

– En tout cas, un pays où l'on sait encore punir et où les prisons ne sont pas encore des quatre étoiles, maugréa l'éminent membre de l'Institut Pasteur à l'adresse d'un des convives qui venait de taxer la Chine de spécimen de paléontologie sociale.

Parti dans ses songeries, Il-Hwan se souvient. Ayant pris part à la force expéditionnaire alliée lancée tous azimuts pour écraser les rebelles, les Russes à cette époque en avaient du coup profité pour occuper la Mandchourie sous le prétexte de protéger leurs voies ferrées. Et voilà où on en était.

Il n'empêche, seul Jaune dans l'assistance face à cette meute d'Européens vociférants qui semblent avoir oublié sa présence, voilà qu'il se sent attaqué à la place de ses frères chinois. Ainsi, le glorieux Empire du Milieu n'est-il aux yeux de tous qu'un ramassis de mandarins sadiques et de coolies en guenilles, une masse grouillante et méprisable de vers de terre plus jaunes que la boue...

Pire... et c'est là le plus affligeant... Troublé, il en avale son château-yquem 1868 de travers. La Chine, symbole de référence, puissance absolue à laquelle depuis la nuit des temps son peuple a fait allégeance, cet Empire glorieux souillé par leurs regards condescendants, n'est-ce pas... un peu de sa Corée qu'ils viennent de piétiner là ?

C'est alors qu'il l'aperçoit, blonde, indignée, assise deux tables plus loin. Un peu masquée par la porcelaine d'une jardinière ventrue décorée de bleuets. À son côté, un homme roux. Guindé, immense. Qui semble l'entretenir avec volubilité, sans toutefois qu'elle prenne la peine de l'écouter. Parce que leurs regards se sont croisés comme une évidence, une sorte de reconnaissance. Effleurement douloureux de deux âmes isolées.

Pourquoi Il-Hwan que la honte aurait dû submerger se sent-il à cet instant précis curieusement soulagé ?

Derrière eux, une rose sanglante à la boutonnière, le Russe Todorov, qui ne perd pas une miette de la scène, rend son sourire à une des rombières édentées dont la perruque rousse a un peu glissé.

*

* *

Le lendemain, Yu-Pok, surexcité, annonça à Il-Hwan que, par l'intermédiaire d'un portier de sa connaissance, il venait de leur trouver un logement dans le neuvième, son maître ayant exprimé le souhait de s'installer dans la capitale plus durablement.

Un linge sur le front, Il-Hwan balaya la nouvelle d'un geste las.

– Le Maître veut peut-être signifier que le quartier lui déplaît ? Il a tort, répliqua Yu-Pok avec la hauteur que lui conféraient désormais ses nouvelles amitiés. La Nouvelle Athènes est le quartier des artistes. Les peintres et les musiciens les plus célèbres, Chopin, Delacroix, y ont vécu. Quant aux hommes de lettres (petit coup d'œil en coin en direction du maître), sait-il seulement que George Sand et Balzac l'ont élu avant lui...

L'oreille d'Il-Hwan a frémi, c'est bon signe. Grisé par cette logorrhée de sons fournis par le portier qu'il s'est imposé de retenir sur le bout des ongles, Yu-Pok poursuit :

– ... Que Dumas y a donné ses plus belles fêtes et qu'Hictor Vugo allait y faire ses siestes...

– Hictor Vugo ? questionna Il-Hwan intrigué.

Décidément, l'adaptation de ce serviteur qu'il croyait à peine dégrossi avait de quoi surprendre, voilà qu'au bout de deux semaines, il s'y connaissait mieux que lui en matière d'auteurs français !

– Oui, triompha ce dernier qui rêvait déjà de pouvoir enfin préparer son *kim-chi*, la maison possède deux étages, un jardin avec un bassin et un billard dans l'un des deux salons.

– Tss, tss, comme tu y vas, Yu-Pok, attends au moins de me la faire visiter, éclata de rire Il-Hwan. Au fond... (un temps) cette aubaine tombe à point pour tes premiers essais culinaires « à la française », ajouta-t–il malicieusement. L'occasion pour toi de me montrer si tu es aussi doué dans ce domaine qu'en littérature !

– Votre serviteur vous demande bien pardon ? s'enquit Yu-Pok qui ne saisissait pas du tout où son maître voulait en venir.

– Eh bien voilà... (mains jointes, Il-Hwan se caressa pensivement l'arête du nez), j'ai pris une décision.

Il se leva et entreprit d'arpenter la suite à grandes enjambées.

– À partir d'aujourd'hui, et tant que nous resterons dans ce pays, nous ne souhaitons plus ni manger ni nous vêtir à la coréenne. À Rome, quoique restant plus que jamais Coréens, comportons-nous en Romains !

– Maître, gémit Yu-Pok.

Ce dernier était-il tombé la tête la première d'un fiacre ?

– Paris, ville des Lumières..., murmura alors Il-Hwan comme à lui-même en contemplant les marronniers des Tuileries sous lesquels des enfants accompagnés de leur nourrice jouaient au cerceau. Flattons-la et montrons-lui qu'elle nous éclaire. Seule condition, j'en ai bien peur, pour prétendre ici réussir une mission. (Et puis, levant la tête.) C'est ainsi, mon cher Yu-Pok, et ça ne se discute pas. Autrement dit, à celui qui ne s'intègre pas, je le sens, la jolie dame ne se donnera pas.

Yu-Pok regarda son maître étrangement. Depuis qu'il était en Europe, ce dernier avait changé. Son assurance insouciante en ce qu'elle lui avait été léguée des Dieux – facile quand on était né dans une famille qui avait toujours détenu et pouvoir et argent – s'était comme assombrie. Fallait-il qu'au contact de cette race blanche dégénérée (Yu-Pok en avait la preuve chaque jour), son âme trop pure se soit à ce point ramollie ?

Pire, voilà maintenant qu'à trop réfléchir, il délirait.

Le soir même de leur déménagement, Yu-Pok, juché sur une échelle face à la tapisserie imitation d'Aubusson du grand salon, accrochait aux breloques du lustre (au beau milieu du champ de blé émaillé de coquelicots qui ornait le plafond) la rituelle banderole de papier de riz destinée au dieu tutélaire de la maison.

– Song Ju, pria-t-il intérieurement, pardonne à ton serviteur de t'honorer en ce lieu emprunté à un pays ami mais étranger, apporte néanmoins chance à mon maître pour sa mission, et surtout, surtout, écarte-le de la pernicieuse maladie de l'occidentalisation.

*

* *

En rentrant d'une entrevue au *Temps* où il espérait rencontrer Anatole France qui avait naguère pris parti pour les Arméniens opprimés par les Turcs, Il-Hwan le trouva glissant en chaussettes ouatinées sur les motifs fleurdelisés du parquet, tout à une danse étrange qui semblait consister à frapper sur une casserole à l'aide d'un couvercle entre crapauds recouverts de soie brochée et fumeuses à pieds dorés dans un concert de cymbales des plus assourdissants.

–Je chasse les démons, expliqua-t-il sans le regarder. Ma grand-mère chamane se servait bien de son tambour pour appeler les esprits et les enfermer dedans.

–Yu-Pok, gronda Il-Hwan, le concierge s'est plaint d'une odeur de gaz épouvantable dans l'après-midi, au point qu'il a dû alerter les services de la voirie ! Que s'est-il passé ?

Silence. Puis d'une toute petite voix :

–Maître, c'était... c'était le dernier pot de *kim-chi* ! (Yu-Pok, effondré, se jeta alors aux pieds d'Il-Hwan.) J'ai, contre votre volonté, voulu l'ouvrir en profitant de votre absence. Mais, malmené par tous ces trajets et sans doute à cause de tout ce bon chou et de cet ail vigoureux qui auront trop fermenté, ce dernier a explosé...

Le fou rire gagne Il-Hwan. Un fou rire qui vient de loin. Pelote d'émotions qui se dévide, embrouillant les fils du présent et du passé. Quelque chose entre douleur et douceur, tension et hilarité, tandis que se superpose à ses pensées – et de la manière la plus inopinée – la vision de l'inconnue en bleu penchée derrière sa jardinière.

Bon, il avait raté Anatole France, restait à courir à la soirée fêtant le premier numéro de *L'Assiette au beurre* qui promettait au tout-Paris de fustiger autant la radicaille que le colonialisme !

*

* *

Éléna quitta à regret la chambre noire qu'elle venait d'installer dans le délicieux atelier prêté par Todorov, l'ami des Beaugrain.

Les photos de fleurs qu'elle avait obtenu de faire dans la serre de ces derniers étaient splendides. Elle consulta sa montre, dommage qu'il faille déjà partir. En lui permettant de s'adonner à sa passion et de retrouver sa solitude loin des domestiques, de la mâle empreinte de Charles-Louis et des tentures cerise de son boudoir déjà imprégnées de l'odeur de ses cigares, cet endroit inattendu en plein cœur de Paris lui changeait en tout cas la vie.

Elle fit tourner en chantonnant la petite clé dans la serrure, nota au passage qu'un des rosiers grimpants avait gelé le long du mur, et s'apprêta en longeant les taillis de cytise à traverser le jardin au fond duquel se cachait l'atelier.

C'est alors qu'au-delà du tilleul et du saule pleureur planté derrière la rocaille du bassin, elle aperçut Il-Hwan descendant quatre à quatre les marches d'un perron encadré à l'anglaise par les colonnes d'un petit péristyle.

L'Étranger habitait-il la maison d'en face? C'était déroutant.

Elle fronça les sourcils, puis se rappelant que l'ayant rencontré chez le riche industriel, pareille coïncidence n'avait là rien de surprenant, elle se dirigea vers ce dernier qui la dévisageait non sans égarement.

– Bonjour! lança-elle joyeusement. Il semble que nous soyons voisins, on dirait.

Le ton gai et juvénile le surprit. Ainsi l'Apparition n'était-elle pas une femme-renard mais bel et bien une femme comme une autre. Il sourit – non, justement, pas tout à fait comme les autres – et se baissa pour ramasser l'ouvrage qu'Éléna, en se rapprochant, venait de faire tomber.

La Femme de trente ans, lut-il tout haut en découvrant la couverture, tiens, voilà un roman de Balzac qui m'est inconnu.

– Oh, soupira Éléna en le remerciant, un cadeau de mon mari (elle rougit) pour mon anniversaire. (Puis comme gênée, et se hâtant de ranger l'ouvrage dans son panier :) Cela l'a toujours amusé de me taquiner sur mon âge. Il est vrai qu'au mien, on est presque une « vieille » dame, n'est-ce pas ?

– Ou une femme presque « sage », plaisanta Il-Hwan devant l'embarras d'Éléna qui regrettait déjà sa coquetterie déplacée. Dans mon pays..., ajouta-t-il en se demandant s'il n'était pas inconvenant de parler à une personne de l'autre sexe qu'il rencontrait pour la première fois, la vieillesse est bénie. Des femmes surtout, contrairement à ici.

– Pourquoi ?

Ils firent quelques pas, étonnés de trouver cet échange si naturel.

– Je ne sais pas. Peut-être parce qu'elles échappent enfin à l'emprise de leur belle-mère et peuvent se venger sur leur belle-fille, répondit Il-Hwan avec un petit air mystérieux. Je vous plains, vous en êtes encore loin !

Éléna éclata de rire et réalisa qu'on ne l'avait pas fait rire ainsi depuis longtemps.

Elle dévisagea l'homme avec plaisir. Habillé à l'occidentale et dépossédé de la gravité qui incombait à ses fonctions, ce dernier lui paraissait beaucoup plus jeune qu'à la soirée Beaugrain. Elle le lui dit, consciente de son audace.

Il-Hwan prit cette fois un air faussement désolé.

– Au contraire, rien ne m'aurait fait plus plaisir que vous vous inquiétiez sur ma mine, comme il est d'usage chez moi quand on salue un personnage important. Parfois votre culture me semble si éloignée de la mienne. Là-bas (son geste se fit ample), le comble de la politesse recherché comme l'honneur le plus insigne serait de se réjouir de trouver son interlocuteur vieilli !

– Dans ce cas, je ferais un fort mauvais sujet coréen, répliqua Éléna vivement. J'ai toujours eu du mal à me plier à l'hypocrisie de nos conventions !

– Vraiment ?

Il-Hwan contempla les lentilles d'eau qui se figeaient à la surface du bassin.

C'était étrange, bien qu'il ne se fût jamais posé la question auparavant, les paroles osées de cette jeune femme trouvaient en lui un écho rassurant.

Il se rendit compte au même instant qu'ils en avaient oublié de se présenter.

*

* *

Fort de quelques rudiments culinaires grappillés auprès d'un ancien des Omnibus-restaurants du Palais Bothorel – qui, à l'époque, s'était ruiné en lançant les premières livraisons de repas à domicile –, Yu-Pok commençait à prendre goût à ses nouveaux fourneaux.

Son premier plat – sa fierté – avait été l'élaboration minutieuse d'un bœuf bourguignon, tâche qui lui avait pris des heures de terrifiante concentration, tandis que son maître, étendu sur une méridienne, se prélassait en lisant. Et dire que la réaction de ce dernier face à ses efforts avait frôlé l'humiliation !

– Si au moins on pouvait ne se nourrir que de littérature ! avait-il eu le culot de soupirer, furieux d'avoir à s'arracher à sa lecture.

Ah, s'il s'en souvenait !

Qu'à cela ne tienne. Yu-Pok avait la rancune tenace.

Le lendemain, une tranche de jambon solitaire et un verre de chartreuse attendaient Il-Hwan dans la salle à manger.

– Qu'est-ce ? avait demandé ce dernier en reniflant l'alcool.

– Chatte heureuse.

Il-Hwan, intrigué :

– Chartreuse ? Quelle drôle d'idée, non seulement ceci est une liqueur pour dame mais on la sert « après » le repas ! (Puis, fronçant les sourcils et désignant l'assiette :) Et ceci ?

– Jambon de Palme, répond Yu-Pok, boudeur.

– Aucun légume ? Mais malheureux, ton maître a une faim de tigre ! Te moquerais-tu ? Que fais-tu donc de tes cours de cuisine ?

– De la littérature, Maître, articule faiblement Yu-Pok qui savoure néanmoins sa vengeance malgré le courroux d'Il-Hwan. Ce matin, je vous ai préparé une « Chartreuse de Parme » !

*

* *

Curieux. Depuis l'épisode de la tranche de jambon, Il-Hwan s'était considérablement radouci. Yu-Pok trouvait même qu'il abandonnait ses lectures de plus en plus souvent pour se consacrer à la contemplation muette et exclusive du paysage dénudé qu'offrait leur jardin. Bon sang, ce qu'un maître pouvait réfléchir !

En attendant, liqueur pour dame ou pas, Yu-Pok avait pris goût à la chartreuse. Cela lui permettait d'oublier la Corée en hiver, la douceur de l'*ondol* sur lequel il déroulait sa natte et les soupes de tripes au piment. Et plus anecdotiquement, les petits colis et les menaces de plus en plus mystérieuses qui continuaient de harceler son maître depuis leur installation et qu'il taisait, bien naturellement. Inutile de se ridiculiser en avouant qu'il avait failli s'étrangler en goûtant par inadvertance à la confiture de rats, ou de lui raconter qu'une âme bien intentionnée avait glissé une vipère dans son panier quand assommée et écorchée de sa peau, la coquine avait fort avantageusement remplacé l'anguille fumée qu'il n'avait pas réussi à dégoter au marché !

*

* *

Éléna tria soigneusement les branches de houx et entreprit d'en faire un bouquet qu'elle pendit à l'une des poutres de l'atelier.

Entre les fêtes de fin d'année à Saint-Mandé et la présence entêtante de Charles-Louis privé de sa maîtresse partie ululer sur les bords du lac Majeur, cela faisait une éternité qu'elle n'y avait pas mis les pieds.

Elle respira l'odeur du plâtre et se mit à compter les bustes inachevés que son prédécesseur avait laissés. C'était plaisant de passer le jour de l'an au milieu de ces statues, et même un peu déroutant, ces quelques heures volées, cette sensation de dérober aux convenances un peu d'un face-à-face intime.

Son regard revint avec plaisir se fixer sur les petites boules rouges au feuillage sombre qui éclaboussaient le bois vermoulu et elle songea alors à son voisin loin des siens. À la blancheur de certains exils, quand la coutume voulait qu'on se retrouve en famille en cette période de l'année.

*

* *

Quand Il-Hwan – qui avait déjeuné chez son vieil ami le consul – rentra rue de Navarin, il trouva le seuil lavé à grands renforts de seaux d'eau, et faillit buter contre le plat de riz gluant et de haricots rouges posé dans l'entrée afin d'acheter par la gourmandise la bienveillance des esprits.

– Comme le Maître peut le remarquer, je fête moi aussi « leur » nouvel an, grommela Yu-Pok non sans hauteur. Je garde néanmoins les précieux cheveux tombés de son honorable tête que je conserve depuis un an afin de ne les brûler que le jour « zhong-zho ». J'espère qu'il me saura gré de tant d'efforts déployés. Au fait (il tendit à son maître un petit bouquet de houx), j'ai trouvé ceci sur le pas de la porte. Les Français sont bizarres. Qui donc aurait l'idée d'offrir en gage de bon vœu des feuilles qui piquent autant ?

– Des gens bien intentionnés qui espèrent ainsi écarter les mauvais esprits de notre chemin, persifla doucement Il-Hwan dont le regard, fuyant la fenêtre, s'échappait déjà vers l'atelier.

*

* *

Le lendemain, apercevant une lueur entre les arbres gelés, Il-Hwan posa *Le Journal d'une femme de chambre* et traversa le jardin d'un pas décidé.

La petite porte s'ouvrit sur les joues roses d'Éléna, emmitouflée dans un châle brodé.

– Cela tombe bien, fit-elle malicieusement sans montrer sa surprise, j'allais me faire du thé. Mais d'abord, allons allumer le feu !

N'était-ce pas le travail d'un domestique ? Il-Hwan la suivit, interloqué de la voir vaquer, puis s'agenouiller comme si de rien n'était devant la cheminée.

– Petite, j'ai passé toutes mes vacances à la montagne, et mon père m'a élevée comme un garçon ! Cela ne m'empêche pas d'être une femme, s'excusa-t-elle en riant.

Les tasses, un joli service en porcelaine de Saxe, étaient ébréchées.

– Des rescapées de la propriété de ma grand-mère à Sablé, j'y tiens ! précisa-t-elle. (Puis désignant évasivement quelques objets hétéroclites, dont deux poteries d'une rare beauté et une statue en bois provenant d'Afrique posée sur une indienne jetée sur un tabouret.) Mon univers, murmura-t-elle en songeant brusquement au petit Mustapha, ou si vous voulez, une sorte de deuxième « chez-moi »...

De plus en plus intrigué, Il-Hwan lui demanda si les plaques de verre soigneusement étalées sur le grand établi faisaient aussi partie de sa collection « privée ».

– Oh, vous voulez parler de toutes ces photographies ?

Éléna lui expliqua alors sa passion, cette manie qu'elle avait depuis toujours d'épingler l'éphémère comme si elle cherchait à capter l'éternité, et puis cette sensation profonde, grisante, de tout oublier et de se perdre quand par hasard un sujet l'intéressait, et enfin son admiration sans bornes pour ces photographes voyageurs tel ce Maxime Du Camp qui lui avait fait découvrir la beauté de l'Orient. Un passe-temps somme toute des plus pacifiques !

– Détrompez-vous, répondit alors Il-Hwan en sortant de sa réserve.

Le soir tombait et baignait l'atelier d'une atmosphère doucement désuète. N'était-ce pas navrant de penser que la photographie avait servi de prétexte à son peuple pour se débarrasser des Occidentaux quelques années auparavant ?

– Comment ?

Éléna dévisagea Il-Hwan avec amusement, puis réalisant son embarras, l'encouragea à poursuivre gentiment.

– En accusant les missionnaires de voler les petits enfants, puis de les manger une fois bouillis, bredouilla ce dernier, horrifié à l'idée de ce qu'il était en train d'affirmer... On disait que leurs yeux étaient utilisés pour produire ces images sur plaques que les agents du Régent, trop contents de l'aubaine, n'hésitaient pas à montrer comme preuve aux paysans !

– En voilà une belle revanche de la part des Orientaux à l'encontre de ceux qui ne voient en eux que d'abominables pervers, conclut finement Éléna pour dérider l'atmosphère.

Surpris, Il-Hwan acquiesça. C'est vrai, il y avait là un parallèle évident.

Elle saisit la théière et se brûla.

– Je suis d'accord avec vous, continua-t-elle, la peur naît toujours de ce qu'on ne connaît pas. L'ignorance, cela va sans dire, est bien la mère de tous les maux !

Cette fois, Il-Hwan la regarda, troublé par la symétrie de leurs pensées. Encore un préjugé, sourit-il intérieurement. D'une femme, jamais il ne se serait attendu à pareille réaction !

Ils restèrent un moment sans parler.

– J'organise la semaine prochaine un dîner à Saint-Mandé où je compte inviter M. Todorov qui a eu la gentillesse de me louer l'atelier, lança Éléna en brisant le silence, me ferez-vous le plaisir de vous joindre à nous ? (Devant l'hésitation d'Il-Hwan, elle ajouta :) J'ai beaucoup parlé de mon voisin à mon mari. Il m'a dit qu'il serait très heureux de vous rencontrer. Cela ne se refuse pas, n'est-ce pas ?

*
* *

Quelle question ! Bien sûr qu'il irait à Saint-Mandé. Cette femme hors du commun savait-elle à quel point leur rencontre le stimulait ? Lui qui commençait à trouver que son séjour piétinait ! Et voilà qu'en deux mots, elle venait de résumer ce que lui-même ne parvenait encore à formuler. Si diplomatiquement, les affaires n'avançaient pas assez vite à son goût, au moins devait-il essayer, mon dieu oui, de briser certains préjugés, et d'entrouvrir par là même les esprits aux mœurs de son pays que nul ne connaissait. N'était-ce pas aussi le but de sa mission ?

Il-Hwan détaillait avec intérêt la salle à manger tendue de bleu. Les chaises recouvertes de soie cannetillée, la desserte décorée de motifs peints, le bouquet de fleurs sur le guéridon en bois du Japon, tout ici lui paraissait gai et élégant. Loin en tout cas des niches à l'Égyptienne, des colonnes de stuc et de marbre vert, du brocart et des dorures à profusion qui ornaient l'hôtel particulier des Beaugrain.

La conversation allait bon train. Grâce aux bons offices du président Roosevelt, un Noir venait d'être nommé haut fonctionnaire aux États-Unis. Du jamais-vu. Et que dire du premier rassemblement de végétariens à Ascona, où nudistes et apôtres de la nature venaient grossir les rangs de l'Institut Monte Verità !

– Avez-vous entendu parler de la grève des mineurs de la Ruhr ? renchérit Charles-Louis avec l'espoir que personne n'oserait mentionner la nouvelle de la capitulation russe à Port-Arthur... Deux cent quinze mille hommes en colère pour la simple fermeture d'un puits ! D'ici qu'assoiffés de sang, ils descendent dans la rue et nous cassent tout !

– Du moment qu'ils ne viennent pas chez nous, gloussa la sœur d'Éléna qui, malgré sa grossesse, avait un peu bu.

– Il me semble qu'à Vienne, on a fait grand cas de la première manifestation ouvrière qui fut à la surprise générale des plus pacifiques, se hasarda Il-Hwan qui ne comprenait pas tout à fait le sens du mot « grève ».

– En effet, pourquoi vous font-ils donc si peur ?

La goguenardise du ton avait de quoi surprendre. Chacun se retourna vers le convive russe qui, le nez dans son assiette, s'était peu exprimé jusque-là.

– Mais, monsieur, s'étrangla le mari de la sœur qui tremblait déjà pour son usine de chaussons fourrés quelque part dans l'Oise, tous ces loqueteux que nous nourrissons, je ne vous vois quand même pas les défendre ! Et d'abord, de quoi pourraient-ils se plaindre ?

– Pour commencer, de n'avoir pas assez de temps pour flâner, rétorqua pince-sans-rire Todorov, ce qui me semble fort responsable. Comment espérer songer à vos devoirs citoyens quand la besogne accapare le vide de vos pensées ? Ne vous est-il jamais venu à l'esprit que ce qu'on appelle « oisiveté » avec assez de condescendance pour en sous-estimer les bienfaits est une nécessité inhérente au labeur de beaucoup, et pour commencer à mon modeste travail de gratte-papier ? Voyez cet œil écarquillé..., poursuivit le Russe, grandiloquent, en désignant son monocle, tandis qu'Éléna avait du mal à réprimer son fou rire, ...cette oreille frémissante et tendue cherchant à capter dans le flux et le reflux de la foule cette chose impalpable nommée « air du Temps », ne croyez-vous pas que ce qui passe pour des heures de loisir à traîner sous les enseignes des boulevards accroît au contraire la valeur d'un certain rendement ? Eh bien oui, messieurs, voilà que je me demande si, en honnête travailleur, je ne devrais pas moi aussi me mettre en grève...

Il y eut quelques toussotements. Une sorte de flottement où, à l'exception d'Éléna (ce qui n'échappa pas à Il-Hwan), personne ne sut trop à quoi s'en tenir. Décidément, à choisir entre le beau-frère qui semblait avoir avalé son parapluie et le mari qu'Il-Hwan – il ne savait pourquoi – évitait de regarder, ce personnage rubicond et totalement anti-conventionnel lui paraissait diablement sympathique. Étrange, il aurait même juré l'avoir déjà rencontré. Mais où ? Chez les Beaugrain ? Éléna lui avait assuré qu'il s'y trouvait, mais Il-Hwan ne se rappelait pas avoir été présenté. Toujours est-il que se concentrer sur l'esprit ravageur de l'étranger l'empêchait de ressentir un léger malaise face aux regards de connivence que la maîtresse de maison (pour une histoire de vin) échangeait avec son mari. Un couple joliment assorti à ce qu'il paraissait, et l'un et l'autre si gais ! « Un époux aussi épanoui ne peut être que comblé par l'amour d'une femme », se surprit-il à penser.

Il songea aussitôt à la solitude de Sun-Hi dans la demeure aux claustras de soie qui devaient coulisser sur le silence, quand lui, à cet instant même, arrosait de cet excellent montrachet-laguiche ses cailles aux raisins en s'appliquant à lever le petit doigt.

Confus, il releva la tête.

Au-delà de la table dressée, loin des conversations et des visages empourprés, Éléna le regardait d'un air si inquiet qu'il ne put s'empêcher de lever un toast à « l'oisiveté » qui lui permettait de visiter la France et de découvrir de si charmants Français !

Bien entendu, on s'était gardé, et ce par égard pour le convive originaire de la Sainte Mère Russie, d'évoquer la reddition du général Stoessel commandant Port-Arthur, dont le siège mené par les Japonais avait duré tant de mois. Une catastrophe dont la nouvelle, tombée l'après-midi, avait glacé d'effroi Il-Hwan.

Pourtant, ce n'est pas l'image des canonnières et des contre-torpilleurs abandonnés aux mains nipponnes qui vint le tarauder cette nuit-là.

*

* *

Le lendemain, Il-Hwan trouva, plié dans la poche de son costume de la veille, un petit mot rédigé en anglais :

Croyez-vous que les Russes aient toujours soutenu la Corée ? Rappelez-vous, 14 mai 96, l'accord Waeber-Kamura... À votre avis, pourquoi le marquis Yamagata a-t-il été envoyé pour représenter le Japon au couronnement de Nicolaï II ?

Un ami japonais qui vous veut du bien.

Plus que son contenu qui le renvoyait aux longues conversations qu'il avait eues à l'époque avec Kirin devant une fiole de *soju,* c'était la sensation d'être épié et suivi à son insu qui devenait intolérable. Certes, maintenant qu'il y songeait, peut-être bien qu'il s'était fait bousculer rue de Rivoli après ce rendez-vous à l'Assemblée avec ce député ami de Jaurès, mais cela ne répondait pas à la question : qui avait pu glisser ce message dans sa redingote? Il faudrait qu'il en parle à ce journaliste russe. À l'occasion.

*

* *

Je suis le fils du gniaff, gniaff, gniaff,
Qui fait des ribouis,
En fait d'orthograph', graph', graph',
J'connais peau d'Zébie...

Peau de Zébie? Tiens, tiens...Tout en fredonnant le dernier air qui faisait fureur dans les rues de Paris, Yu-Pok reboucha soigneusement la bouteille de chartreuse avant de la cacher au fond du placard. Curieux, s'il ne pipait mot aux paroles, il était tout de même certain de ne jamais avoir entendu parler d'un tel animal. Peut-être une sorte de rat comme il abondait dans la capitale! Il faudrait qu'il demande ça à M. Gus, l'ancien hercule de foire, raccommodeur de faïence à ses heures, quand il ne faisait pas le porteur d'eau du côté du « Lapin agile » où Yu-Pok l'avait rencontré. Après tout, le type lui avait bien appris la chanson! Comme Yu-Pok lorgnait sur sa palanche ingénieusement taillée pour épouser l'épaule, ce dernier l'avait accosté d'un « T'as d'beaux ch'veux, tu sais », lui suggérant tout de go d'arrondir sa fin de mois en livrant une si belle parure aux ciseaux du rabatteur. Offusqué, Yu-Pok s'était cramponné des deux mains à sa tignasse, déclenchant alors l'hilarité de son interlocuteur.

–Pas d'panique, c'est toi qui vois. J'disais seulement qu'tu pourrais en tirer une jolie p'tite somme. Ça leur f'rait une belle touffe pour décorer le casque d'un d'leurs trous du cul d'officiers !

Mortifié ? Pour sûr qu'il l'avait été. Quand même, aller jusqu'à sous-entendre que cette partie noble de son corps ferait un joli plumet sur le chef d'un de ces trous du... Il n'empêche, il était bonne pâte. Et puis le bonhomme avait l'air si sincèrement désolé de l'avoir vexé que ça s'était réglé sur le zinc, et Yu-Pok ne l'avait sûrement pas regretté. C'est que le Gus en connaissait des choses, sans parler de tous ces gens à qui ce dernier l'avait présenté. Bien entendu, il n'était pas entré dans la taverne qu'on lui demandait déjà d'où il venait.

– De Corrèze ? Ça alors, s'était exclamé un petit être fluet qui se targuait de faire le décrotteur-commissionnaire, tâche habituellement réservée aux ramoneurs. Moi, j'suis de Guéret !

– Patate, mais tu vois bien qu'il est chinois comme les jumeaux Tang qui triment comme portefaix à la gare de Lyon, s'insurgea-t-on dans le fond.

Chinois ? L'idée ne déplaisait pas à Yu-Pok. Tout Coréen ne recherchait-il pas l'ombre d'une ascendance Han ? En tout cas, cet accueil inattendu dans les bas-fonds de Paris lui avait fait chaud au cœur.

C'est ainsi que, dans la foulée, Yu-Pok put troquer son jambon de Parme (légèrement entamé) contre l'écharpe en laine d'un savetier, et qu'il apprit ce soir-là que le gouvernement Combes avait fini par tomber comme un fruit pourri du pommier.

– À cause d'un scandale de fiches établies par notre ministre de la Guerre, tempêta un petit gros qui buvait du calva et suait des mains. Facile, il y faisait noter les convictions religieuses de chacun, et zou, paraît qu'en douce ce salopard favorisait l'avancement de ses officiers républicains !

– Ma foi, trinquons quand même à la République ! avait soupiré Gus. En général, c'est pourtant des curetons qu'on s'attend à pareil trafic de « mérites ».

Toutefois, quand quelques jours plus tard Yu-Pok écouta son nouvel ami lui lire dans une feuille de chou que des milliers d'ouvriers russes venaient de se faire massacrer par les troupes du tsar lors d'une manifestation pacifique devant le Palais d'Hiver, il crut à une hallucination.

– N'étaient-ils pas conduits dans la neige à la lumière de mille torches par un pope tout d'or revêtu ? se hasarda-t-il en tremblant.

– Tout juste ! (Gus émit un petit sifflement en agitant son journal.) Ma parole, mais tu s'rais pas devin par hasard ? Comment qu't'aurais pu sinon deviner ?

Si cet incident valut un prestige immédiat à Yu-Pok de Montmartre à la Goutte d'or, pour ce dernier, cela ne fit aucun doute : voilà qu'en pleine terre étrangère, les dieux venaient de le doter des dons de sa grand-mère !

Pour preuve : n'avait-il pas entendu le tintement léger d'un bracelet au beau milieu de son étrange vision ? Et que dire de ce parfum de rose mélancolique dont l'écho lointain avait aussitôt titillé ses narines !

En attendant – il reprit son chiffon et entreprit de frotter vigoureusement l'argenterie –, nul besoin d'être grand chamane pour deviner où le maître était allé, rien qu'en entendant le grincement de la porte-fenêtre du salon.

C'est fou ce que ce jardin l'attirait comme un gros bourdon.

*

* *

– Poussez la porte, c'est ouvert !

Un peu gauche, Il-Hwan obéit et se fraya un chemin entre les étagères croulantes d'ébauches et de nus en terre glaise en direction de la voix.

– Je suis là !

La première chose qu'il vit dans la pénombre fut les pieds d'Éléna qui, juchée sur un tabouret, tentait d'accrocher une toile peinte entre deux piliers.

Gêné par la vision de ses chevilles, partie du corps féminin on ne peut plus intime selon son éducation, il détourna les yeux.

– Eh bien ! (Éléna se retourna.) Vous ne le trouvez pas beau, mon paysage ?

Cette fois, Il-Hwan osa lever le menton pour découvrir une perspective fleurie qui ressemblait à s'y méprendre à celle qu'il contemplait de son banc favori aux Tuileries.

Éléna secoua sa chevelure en riant.

– Auriez-vous oublié que je devais vous prendre en photo aujourd'hui ?

L'invitation était arrivée sur bristol : petite écriture vive, danse de mouette sur une mer rieuse. Ce qui était le cas de le dire : le papier était bleu.

Cher Monsieur Park,

Je serais ravie si vous vouliez bien m'accompagner cet après-midi à la Fête de Montmartre. Je souhaiterais y faire quelques repérages dans l'espoir de croquer une série d'amusants portraits. Les attractions y sont nombreuses, aussi puis-je vous assurer que vous ne vous y ennuierez pas. Faites-moi vite savoir si le moment sied à l'humeur, à la couleur ou à l'emploi du temps.

Votre bien dévouée, Éléna.

Autant dire un ordre.

À son tour, Il-Hwan se saisit de l'une de ses grandes cartes de visite de papier rouge où son nom était inscrit en caractères chinois.

Chère Éléna,

Puisque sa visite au grand écrivain Paul Claudel est reportée à la semaine prochaine et que, chez vous, l'hiver a oublié d'être jaloux des fleurs, votre modèle se joindra à votre promenade avec joie et à l'heure qu'il vous plaira.

Votre très dévoué, Park Il-Hwan.

Puis il glissa sa réponse dans un de ces immenses portefeuilles-ministre en papier huilé dont il noua soigneusement les cordons assortis à la garniture, et demanda à Yu-Pok d'aller en toute hâte déposer sa missive chez la personne qui habitait au fond du jardin.

Yu-Pok prit un air effrayé.

– Chez la femme-renard ?

Il-Hwan fronça les sourcils.

– La femme-renard ? Pourquoi dis-tu ça ? Et d'abord, depuis quand la connais-tu ?

– Je la vois chaque jour donner à manger et parler aux oiseaux, répondit ce dernier, boudeur.

– Et alors ? Est-ce une raison pour traiter cette jeune personne d'esprit succube ?

Yu-Pok haussa les épaules.

– Non pas, non pas... Mais dites-moi alors pourquoi sa maison ne reste pas allumée la nuit si la fée blonde ne la passe pas à hanter les rêves des faibles esprits ?

*

* *

Des Batignolles à Rochechouart, des calicots et des baraques foraines par centaines aux formes de cerfs-volants ou de fruits en massepain. Du vert vif, du jaune d'or, du vermillon éclaboussant le terre-plein du boulevard. Et par-dessus tout ça, des tonnes de bleu cru. Celui d'un vrai ciel d'ivresse qu'embrassent des soleils en papier, des grappes de rires et des lâchers de ballons.

Pressés par la foule, Il-Hwan et Éléna marchent en silence. Un peu désarçonnés de s'exposer pour la première fois aussi publiquement.

Tout est si nouveau, si rapide...

Il-Hwan songe qu'en Corée un homme ne se promènerait jamais ainsi avec une femme. Ici – à moins que ce ne fût là-bas –, tout se faisait donc à l'envers ! Qu'en penserait son épouse qui, par exemple, ne prenait jamais part aux repas ? Au début, de voir ces dames à Vienne ou à Paris se mêler à la conversation et participer aux soirées mondaines l'avait franchement choqué. Il avait juste été soulagé de remarquer qu'elles aimaient disparaître entre elles dès qu'on sortait les cigares et l'armagnac. Mais aujourd'hui ? Il se demanda comment Éléna réagirait de son côté si elle devait se cacher le visage chaque fois qu'elle mettait le nez dehors ? En revanche... Il rit :

– Savez-vous que, chez nous, les femmes n'ont le droit de sortir que la nuit ?

Éléna, qui lui avait pris le bras, se détacha légèrement.

– Eh bien, elles en ont de la chance si elles ne se font pas étriper ! Oh, regardez...

Excitée, elle l'avait déjà entraîné vers le stand de tir : visiblement, c'est à peine si elle l'écoutait.

Non loin un attroupement s'était formé devant un édifice grossièrement peinturluré où les talents d'un artiste amateur s'étaient escrimés à représenter la Bastille. De sinistres gémissements accompagnés d'un engageant cliquetis de chaînes s'en échappaient.

– Curieux, n'est-ce pas, à voir la mine renfrognée des gens qui en sortent, on dirait qu'ils regrettent quelque peu d'avoir payé !

– Le plaisir de ce genre d'attraction ne tient sans doute qu'à l'exaltante perspective de l'inconnu, rétorqua Il-Hwan de mauvaise grâce, sans s'expliquer pourquoi il se sentait contrarié.

Était-ce parce qu'il désirait l'attention d'Éléna tout entière et qu'elle lui échappait ? Il se mit à détailler les badauds et leur joie grossière et songea avec horreur qu'ils en faisaient partie. D'être mêlée à cette foule de gens simples – hormis quelques élégantes chapeautées que dans sa candeur il ne pouvait soupçonner être des prostituées – ne semblait pourtant aucunement troubler Éléna. Il la dévisagea du coin de l'œil. Narines frémissantes, elle semblait participer de tous ses sens à cette gaîté bon enfant qui déchaînait les rires et les farandoles.

– Mon père disait que ces fêtes populaires n'étaient que piège tendu aux faiblesses primitives de l'homme, lâcha-t-elle soudain gravement comme ils passaient devant la guérite ripolinée d'une diseuse de bonne aventure. Ma foi, pourquoi pas ? La crédulité n'est-elle pas un penchant naturel, pour ne pas dire un baume apaisant aux brûlures du quotidien ? Mais quand même (elle s'ébroua), jamais vous ne me ferez lire les lignes de la main.

Étonné, Il-Hwan lui demanda pourquoi.

– Mais parce que je ne désire aucunement être entretenue de l'avenir ! s'exclama-t-elle vivement.

– C'est donc bien la preuve que vous y croyez, fit remarquer Il-Hwan, soudain amusé.

– Mais à qui donc pensiez-vous avoir affaire ? (Éléna éclata de rire.) J'ai quand même ma dose de féminité !

Décidément, cette femme, qui ne faisait rien comme les autres, était plus qu'imprévisible !

Cette fois, radouci, c'est lui qui la prit par le bras.

Aux abords d'Anvers, la foule grossissait, agglutinée autour de la cage aux fauves à l'intérieur de laquelle une dompteuse à barbe revêtue d'un tutu rose taquinait d'un fouet impérieux une rosse à deux têtes. Bien sûr, ce n'était qu'un apéritif : la femme serpent, les tigres du Bengale et le pétomane capable d'entonner *Mimi Peau de chien* du début jusqu'à la fin attendaient le manant à l'intérieur de la tente.

Éléna, quant à elle, formula aussitôt le vœu de revenir photographier la curiosité le lendemain.

– Suis-je aussi exotique à votre œil de photographe que ce pauvre animal tiré de sa campagne pour servir de pâture aux badauds ? questionna alors Il-Hwan, légèrement inquiet.

– Aussi extraordinaire, vous voulez dire, le taquina-t-elle.

Ils s'éloignèrent du baraquement afin de chercher un souffle d'air.

– Toute chose, tout être différent ne vous a-t-il jamais semblé exotique ? reprit-elle soudain sans transition. Regardez bien !...

Dans une gracieuse volte-face, Éléna se campa face à Il-Hwan, dos au dôme étincelant du Sacré-Cœur qui se découpait dans l'échancrure d'une ruelle.

– ... À présent, admettez.

– Sans doute, bredouilla Il-Hwan. Si je ne vous connaissais pas !

– Eh bien, c'est la même chose pour moi, conclut-elle abruptement. Quoique, parfois (elle déroula son écharpe, laissant flotter la mousseline derrière elle comme un long serpentin), je me sens plus d'affinité avec une rosse à deux têtes qu'avec mes contemporains.

Éléna avait tenu à ce qu'ils montent ensemble sur un manège, et Il-Hwan n'avait su refuser. Ne restait plus à l'Envoyé de Sa Majesté qu'à grimper la mort dans l'âme à califourchon sur un cochon (puisque les seuls chameaux avaient été pris d'assaut par un groupe de marins en béret à pompon).

Mon dieu, si, par le plus grand des hasards, son serviteur le surprenait juché de si inconvenante façon !

Quand ils étaient redescendus de leur monture, fourbus et morts de rire – car il faut bien l'avouer, trois tours de manège avaient achevé de dérider Il-Hwan au point de ne plus savoir où il était –, Éléna s'était excusée. Elle devait rentrer, d'autant que déjà, un peu partout sous les auvents, loupiotes et lanternes commençaient à s'allumer.

– Malheureux de moi ! Il-Hwan s'était récrié.

Lui non plus n'avait vu l'heure passer. Et Todorov qui l'attendait !

*

* *

Il-Hwan avait la tête qui tournait : la robe jaune d'Éléna virevoltant comme une corolle autour du cochon rose, les flonflons, la pièce de M. de La Palisse au théâtre des Champs-Élysées et, à présent, le bruit, la chaleur et les va-et-vient de ce temple de la mangeaille où Todorov, contre toute attente, avait tenu à l'emmener après le spectacle, tout se mélangeait.

– Dix centimes le bourguignon, éructa ce dernier en s'essuyant vigoureusement la moustache. Incroyable, n'est-ce pas ? Il n'y a que chez notre Arlequin des Halles qu'on mange à ce prix dans Paris !

Avec sa lavallière lavande, sa barbichette taillée à la Méphisto et son gros ventre, le Russe qui parlait fort et dévorait tout ce qu'il y avait sur la table avec une célérité digne de l'express Granville-Paris avait quelque chose d'intensément comique. De carrure, en tout cas, il pouvait prétendre rivaliser avec ces forts des Halles qui avalaient un plat sur le pouce ou se payaient une tournée avant de reprendre leur tâche. Il-Hwan parvenait maintenant à faire la distinction entre les tabliers blancs des préposés à la viande avec leur casquette à couvre-nuque et les blouses bleues des abonnés à la volaille coiffés du feutre gris. Insigne de leur charge respective, une médaille épinglée fièrement sur le poitrail témoignait de leur moralité en échange des vingt tonnes de marchandise qu'ils se devaient, chaque jour, de transporter.

– Que la corporation se mette en grève trois jours et voilà notre beau Paris affamé ! rugit Todorov, en se pourléchant les babines devant sa jatte d'œufs au lait.

Le mot est décidément à la mode. Les mineurs de la Ruhr n'ont pas arrêté la leur, que ceux des quatre bassins houillers de Belgique viennent de prendre la relève.

–Ajoutons-y trente mille ouvriers russes depuis hier ! soupira le Russe. Avez-vous appris la nouvelle ? Le grand duc Serge, oncle du tsar, s'est fait assassiner. Il paraîtrait que la peur d'un nouvel attentat est telle que ni la famille impériale ni ce dernier n'ont osé assister aux funérailles du gouverneur de Moscou !

–Votre tsar a pourtant pris les devants et reçu une délégation d'ouvriers au lendemain du massacre de Saint-Pétersbourg, répliqua Il-Hwan indigné. Par ailleurs, l'amour de la patrie en danger devrait suffire à calmer les esprits les plus échauffés !

–Ahhh, mon ami, si votre candeur vous honore, vous semblez tout autant ignorer qu'un peuple qui se réveille n'est pas près de se recoucher ! Croyez-en ma vieille expérience de gratte-papier. À propos (Todorov se tourna et apostropha le garçon qui tardait à apporter les flacons), comment avance notre mission ?

–J'ai les plus grands espoirs, confia Il-Hwan heureux de changer de conversation. Le ministre des Affaires étrangères, Théophile Delcassé, m'a laissé entendre... (Il hésita. Todorov était un allié et un ami. Mais pouvait-il se livrer sans crainte au journaliste ?)... que rien n'était impossible. Je dois le revoir, poursuivit-il évasivement.

–Vraiment ? (Intéressé, Todorov se lissa la moustache.) N'oubliez quand même pas que vous avez affaire au grand artisan de l'Entente cordiale !

–Je sais, répondit Il-Hwan. Mais ce dernier m'a avoué qu'il ne serait pas mécontent de prendre quelque distance avec ces messieurs les Anglais.

Sans doute en avait-il trop dit. L'espace d'un instant, le Russe eut un sourire indéchiffrable qui le mit mal à l'aise, impression aussitôt dissipée par la bourrade chaleureuse qu'il reçut dans le dos.

– Ah, ami, si tu savais comme la Russie me manque !

Todorov était décidément un homme curieux : d'une seconde à l'autre sa tonitruance et sa jovialité pouvaient se laisser happer par une mélancolie des plus foudroyantes. Voilà qu'à présent, évoquant le pays de ses pères, du commerce de fourrures dans la taïga aux sonnailles tintinnabulant sur les traîneaux, il avait les larmes aux yeux. Hormis ce côté nature et pince-sans-rire qui l'avait toujours séduit chez le journaliste, Il-Hwan se demandait à présent si ce n'était pas tout simplement cette nostalgie d'exilés, tendre et douloureuse, qui les rapprochait.

– Ta famille te manque ? souffla Todorov.

Il-Hwan acquiesça. Il pensa aussitôt à son fils qu'il n'avait pas vu depuis des mois.

– Moi, tu vois, c'est la femme que je n'ai pas...

Il y avait quelque chose de si pathétique dans la voix du gros homme que son interlocuteur se tut. L'odeur de sueur et de graillon ajoutée à celles du suint et de la paille souillée devint tout à coup intolérable.

– En parlant de couple, se ressaisit le Russe, je trouve celui que forment Éléna et son mari tout à fait charmant, pas toi ?

Une rougeur passagère colora les pommettes d'Il-Hwan.

– Quoique ce cher Charles-Louis ne fasse plus grand secret, même en présence de son épouse, de sa liaison avec Mme de Chauffour...

Petit coup d'œil en biais. Todorov se retourna vers Il-Hwan qui avait du mal à cacher sa perplexité.

– ... Parfois, la vie est sacrément trompeuse, n'est-ce pas ?

*
* *

L'air frais les surprit, en même temps qu'une forte et acre odeur de marée.

À l'extérieur de L'Arlequin, on déchargeait limandes et harengs et on se préparait pour la criée. Il-Hwan se boucha le nez.

En l'absence de fiacre, les deux hommes décidèrent de continuer à pied.

– J'aurais dû être « mireur d'œuf », commenta Todorov d'une voix pâteuse comme ils passaient devant un petit attroupement. Passer sa vie à vérifier l'intérieur des coquilles à l'aide de sa bougie ! Bougre de Dieu, qui dit mieux ?

Son rire résonna, un peu trop caverneux au goût d'Il-Hwan.

– Naturellement, je te raccompagne.

Ils finirent par trouver voiture au milieu de la rue Montmartre. Mais au moment où ils atteignaient Notre-Dame-de-Lorette, Todorov chuchota au cocher d'obliquer vers la rue de Vintimille.

– Un dernier verre, mon ami, tu ne peux me refuser ça !

Il-Hwan eut beau répliquer qu'il était fatigué, rien n'y fit. L'instant d'après, ahuri, il se retrouvait au milieu des lumières tamisées d'un salon mauresque qui sentait la poudre de riz et le parfum bon marché.

– Innombrables dans les grandes villes sont les endroits où l'on se tient sur le seuil du Néant, chantonnait le Russe à ses côtés d'une voix éraillée. Et où les petites putes au goût de lard et aux seins couleur de miel et de suint ne sont décidément, messieurs, que les lares hilares de ce sinistre culte de nulle part !

Sur ce, il s'effondra contre l'opulente poitrine d'une rousse avachie sur l'un des sofas taché, dont le corset sang-de-bœuf trop serré laissait jaillir deux obus d'une indubitable majesté.

Que faire ? D'un œil rond, Il-Hwan – qui avait encore toute sa tête – détailla les filles peu nombreuses à une heure aussi avancée, dont une émule de Shéhérazade aux cheveux curieusement teints en blond et une petite Arabe aux anneaux d'or dont le corps nubile rayonnait non sans provocation sous des atours éhontément transparents. Ces filles-là chantaient-elles au son du luth comme ces *ki-saeng* dont il avait toujours fui la fréquentation ? Il n'eut pas le temps de se le demander. Sur un signe de sa patronne – une dame bien mise qui discutait dans l'entrée avec un officier en uniforme –, une jeune Asiatique cachée derrière un paravent surgit en réajustant son peignoir et, tirant mollement Il-Hwan par la main, entraîna ce dernier dans l'escalier sans qu'il puisse protester.

La chambre – tendue de satin noir et or – était petite, mais son décor exotique approprié.

De mauvaise grâce, la gamine s'assit sur une sorte de lit entouré de panneaux de laque ajourés (qui avait dû être autrefois, comme le remarqua Il-Hwan avec horreur, l'imposant siège d'un dignitaire chinois) et entreprit de se déshabiller.

– Nooon! (Il-Hwan l'arrêta d'un geste.) Je vous en prie, ne prenez pas cette peine. Il y a erreur, je ne suis en aucun cas à la recherche de quelque volupté.

La fille le dévisagea, soupçonneuse. Au milieu des tentures chamarrées, il ne put s'empêcher de lui trouver un petit air de paysanne avec son teint mal poudré et sa moue égarée.

– Vous êtes à la recherche de quoi, alors?

Le ton brusque se voulait grossier.

– Qu'en savoir...

Soudain découragé, Il-Hwan se laissa choir dans l'unique fauteuil et sourit tristement.

– ... de moi-même peut-être?

Il ferma les yeux et chercha à oublier la fille et ce cadre d'exotisme de pacotille à la misère pompeuse.

Lek – c'était son nom – avait dû le secouer pour le réveiller.

Quand il lui avait demandé comment elle en était arrivée là (car c'était finalement la seule chose qui l'intéressait), cette dernière, pressée d'en finir, avait haussé les épaules.

– Où?

– Là, avait-il répondu plus doucement. Où donc êtes-vous née? Comment êtes-vous arrivée dans ce bout du monde?

– Moi?

La fille avait éclaté de rire en dévoilant ses dents cariées.

– ... Ça alors, elle est bien bonne! Mais je suis née à Ménilmontant! Et puis d'abord, en quoi cela vous concerne-t-il? On n'est pas du même monde, non?

Une bruine toute douce noyait les abords du Bois de Vincennes, brouillant les bruns et les ocres sous un gris tendre d'estampe.

Éléna hâta le pas de sa jument. Elle appréciait ce temps qui mettait la nature au diapason de son âme. Souvenirs d'une enfance passée non loin de Saint-Étienne. D'une herbe drue et grasse, verdure mouillée où se frottait la panse des vaches. Un jour qu'elle avait évoqué cette odeur de terre tiède et de menthe écrasée dont le fumet animal avait le pouvoir de la revigorer, Il-Hwan s'était plu à lui dépeindre le labeur de ces petits bœufs nerveux qui s'acquittaient généralement des travaux des champs dans la campagne coréenne.

– Il faut les voir transporter entre quatre perches leur énorme charge de paille de riz sur le dos, obéissant au moindre signe avec leur anneau de bois passé dans les naseaux...

– Donc pas de voiture, avait-elle résumé. Et hormis vos bœufs en plaine, tout se porte à dos d'homme, m'avez-vous dit, parce que vous avez si peu de routes et que votre pays est hérissé de montagnes. Ne possédez-vous donc point d'ânes ou de chevaux susceptibles de soulager ces malheureux paysans ?

– Si, avait répliqué Il-Hwan songeur, mais les chevaux sont réservés au service de la poste gouvernementale. Dans le même ordre d'idées, vous ne verrez jamais un Coréen manger chèvre ou mouton ! Voilà des animaux que l'on n'élève que pour le culte des Ancêtres ou celui de Confucius !

Pourquoi revient-elle toujours en pensée à ce que lui raconte l'Étranger ?

À sa manière douce et réfléchie de comparer leurs mondes. De lui offrir ses souvenirs et son pays. Comment ne pas tenter d'y répondre en esquivant ses préjugés du mieux qu'elle peut ! À force de se raconter mutuellement leur culture, n'en arrivaient-ils pas d'ailleurs l'un l'autre à leur découvrir de mystérieuses correspondances quand tout en soulignait les différences !

De retour de sa promenade matinale, elle trouva Charles-Louis rasé de frais, occupé à collationner devant un solide plat de charcuterie (hommage à ses origines aveyronnaises), tout en épluchant le journal.

– Incroyable, n'est-ce pas, cet engouement pour les Ailleurs ! Voilà maintenant qu'un physiologiste allemand du nom de Preyer se titille la glotte en glosant à tout va sur les facultés des fakirs à suspendre leurs fonctions vitales... (Coup d'œil en biais vers sa femme.) Dommage que ton protégé coréen ne soit pas un yogi indien !

Piquée au vif, Éléna posa sa cravache sur la console.

– Pourquoi donc ?

– Pour rien. (Charles-Louis dévisage Éléna dont le visage est resté impassible.) Ou plutôt si, ce garçon me fait pitié. Je voulais juste dire qu'il aurait sans doute plus de succès à rouler des yeux, assis dans l'antichambre du ministre, les fesses râpées par un tapis de tessons de bouteille, qu'à frapper à sa porte close. Et pour cause, Delcassé me paraît plus préoccupé par la question du Maroc que par la lointaine, obscure, et qui plus est minuscule Corée.

Mon dieu, que sa femme était belle avec ses sourcils froncés, ce rose subit qui venait à point rehausser sa carnation, et ses petites paupières de sainte qui n'y touche obstinément baissées sur on ne sait quelle intime fébrilité, bref, tous ces détails qui, à force d'être scrutés avec délice sur les visages qu'il convoitait, n'avaient désormais pour lui aucun secret. Car il était sûr à présent de l'avoir vue tressaillir, il était sûr que sa femme n'était point insensible au charme de l'Étranger. Mais quoi ! – Il recouvrit son pain d'une épaisse couche de fricandeau – Éléna le Glaçon, en pinçant pour un de ces indigènes en robe ? De quoi crever de rire... Il engloutit la tartine en entier... Si elle n'avait été sa femme, bien évidemment !

Le dégoût qu'il lut dans son regard l'empêcha de s'étouffer complètement. Retrouvant sa superbe, il jeta sa serviette et se leva en s'étirant.

– Enfin, conclut-il nonchalamment, son séjour parisien n'aura pas été vain. Au moins y aura-t-il profité à satiété des plaisirs prodigués par la Capitale !

Face à lui, deux iris en forme de point d'interrogation. Un point pour lui.

– Il paraît, poursuit-t-il avec une jouissance non dissimulée, que notre ami s'en donne à cœur joie chez les prostituées...

Iris couleur d'orage. Dégradés d'encre et de gris, oh la jolie tempête intérieure. Enfoncer le clou et obtenir un vrai tableau à la Turner.

– Et encore, si nous avions à faire à des ouï-dire.

(Charles-Louis rit, bon enfant, tout en se curant une dent, un genou replié contre le marbre rose de la cheminée.) Tenant ces informations de notre cher Todorov, je suppose que les détails croustillants en ma possession sont on ne peut plus véridiques !

Envie, désir violent de posséder sa femme, là, sur-le-champ. D'empoigner ses cheveux, de lui tirer la tête en arrière pour mieux baiser cette bouche, ces lèvres qu'elle lui refuse, arracher ces lacis, ces nœuds, ces dentelles, pour mieux caresser, palper cette gorge, ces seins qu'elle lui refuse. Ah, gober ne serait-ce qu'une fois ses beaux tétons roses, regarder frémir ces larges aréoles – oh pulsion de meurtre, sadisme divin du galopin prêt à découper le petit papillon innocent –, basculer l'ingrate, la jeter sur la méridienne, enfouir avec violence la tête dans ses jupons jusqu'à ce qu'elle en redemande, qu'elle le supplie, souffle brisé, avec des yeux révulsés de petite sainte agonisante, et puis en finir, bon sang, besogner ce feu sous la glace à la faire hurler comme une louve aux abois tout en la giflant, oui, tout en la giflant pour ramener cette garce à la raison...

– Vous voilà bien pâle, ma chère, lâche-t-il alors méchamment, appelez donc Bertha, qu'elle vous apporte quelques pilules du docteur Blaud ou un peu de cette eau ferrugineuse aux vertus excellentes. Comment l'appelez-vous, déjà ? *Orrezza*, c'est ça ?...

Et puis, d'une voix doucereuse :

– ...Comme quoi, on a beau venir de l'autre bout du monde, on n'en reste pas moins « homme », n'est-ce pas... ? Un homme comme les autres, oui, ma chère, tout simplement.

Le regard d'Éléna s'accroche obstinément aux tubéreuses mauves et aux lys enlacés qui décorent le grand vase de Gallé.

« Un homme comme les autres » ? Se pourrait-il ? Vraiment ?

Les fleurs, elle ne les voit plus, depuis quelques minutes, elle ne fait qu'en sentir l'odieux parfum. Ce lent et douloureux poison qu'aime à distiller l'imagination.

Oh, ce n'est pas tant de savoir Il-Hwan homme, soumis loin de son épouse aux exigences de son sexe, non. Mais bien plutôt une sorte d'amertume couleur serpent. Celle de s'être trompée. D'avoir pu imaginer un seul instant dans son indécrottable naïveté que lui, l'Étranger, parce qu'il savait se montrer délicat et prévenant avec elle, eût pu être différent. Impardonnable erreur de jugement.

*

* *

Cet après-midi-là, Charles-Louis se montra d'une impétuosité rare dans les bras de sa maîtresse sur laquelle il se rua en faux col et fixe-chaussettes, à quatre pattes sur le tapis persan.

Agréablement surprise – quoique encore chapeautée –, cette dernière consentit au viol avec élégance, trouvant même une certaine jouissance à retirer ses gants tandis qu'il ahanait bestialement.

Mais quand, au comble de l'excitation, Lou Lou, se saisissant de sa ceinture, se mit à la fouetter, et que

Mme de Chauffour, qui avait des goûts prudes malgré un langage de charretier, trouva que la plaisanterie avait assez duré (disons qu'en son for intérieur le fouet ne lui aurait pas déplu, mais à la seule condition de l'administrer), ce dernier, comme pris de démence, se déchaîna sur elle avec une telle violence que la Dame quelque peu refroidie n'attendit pas même qu'il se fût calmé pour lui annoncer qu'elle le congédiait.

–Adieu, monsieur. Allez donc retrouver vos négresses. Et apprenez la prochaine fois à reconnaître une authentique porcelaine Ming d'une calebasse trouée! Par ailleurs, ne comptez plus sur l'acier bien trempé de votre clef pour forcer ma porte. À compter de ce jour, celle-ci vous est définitivement fermée.

*

* *

La semaine suivante, on vit Il-Hwan courir de ministère en ministère. Ce n'était pas tant les mauvaises nouvelles venant de Moukden (où une fois de plus les Russes perdaient pied face aux Japonais) qui semblaient le galvaniser, mais une force nouvelle. Une sorte d'euphorie, de rage à gagner, comme si le temps d'un tour de manège défiant les lois de l'apesanteur, tous les espoirs permis lâchés dans une roulette folle retrouvaient leur liberté.

D'Éléna, point de nouvelles, ce qui, dans un sens, ne le gênait pas. Les émotions les plus vives ne réclamaient-elles pas parfois un peu de répit? Dans la tête d'Il-Hwan où tout se mélangeait, ce silence était même salutaire. Et le travail aidant, il crut avoir repris ses esprits.

Trois jours plus tard, devant les volets obstinément fermés de l'atelier, il commença toutefois à s'inquiéter et se résolut le dimanche suivant à aller rendre visite au couple à Saint-Mandé.

Ayant trouvé porte close, il finit par apprendre incidemment de la bouche de Todorov – croisé lors d'une conférence sur le spiritisme – que monsieur et madame étaient partis quelques jours à Deauville se reposer.

– Comment? Mais Éléna ne vous l'avait pas dit?

Non, Éléna ne l'avait pas prévenu, et qu'elle n'ait pas pris cette peine provoqua en lui un pincement dans une région de l'âme qui lui était jusqu'ici méconnue. Il haussa les épaules intérieurement. « Une petite blessure d'amour-propre, se dit-il, tout au plus. » L'égratignure sans fondement, toutefois, eut l'extrême désobligeance de se transformer en désagréable picotis au fil des heures qui passaient.

Qu'avait-elle fait de leur connivence? N'était-il aux yeux de cette femme que le voisin de service avec lequel on trompait l'ennui en conversant comme des escargots sous la pluie? Non – Il-Hwan se surprit à garder les yeux rivés au plafond une bonne partie de la nuit –, car ils ne parlaient justement jamais de la pluie. Ou du beau temps. C'est cela qui faisait la différence. Et lui qui s'était imaginé être son ami!

Le lendemain, rattrapant de justesse son chapeau qui s'envolait de la plate-forme du tram, il songea brusquement à un petit malentendu. Au diable, le commerce des langues! Et s'il s'était mal exprimé? S'il l'avait vexée ? Voilà qu'il lui faudrait attendre son retour pour tenter de démêler une de ces échauffourées dans laquelle son calamiteux français s'était sans nul doute fourvoyé.

Rasséréné, quoique sur les charbons ardents, il se hâta vers son rendez-vous. Sans réaliser qu'il s'était trompé d'une journée.

*

* *

C'est à cette période qu'il commença à voir des ombres. Ou plutôt une ombre qui se glissait derrière les massifs de pétunias. S'agissait-il d'un rôdeur ?

La première fois, bien sûr, il était sorti dans le jardin et avait crié le nom d'Éléna, puis s'était ravisé. C'était sans doute, au dire de son ami Todorov, ce que la médecine d'aujourd'hui appelait « paranoïa », « ce mal sournois au doux nom de déesse grecque inventé, assurait-il, par une société qui ne cherche qu'à nous féminiser ! ». En effet, un homme, un vrai, devait-il nécessairement succomber au délire de persécution fomenté par sa seule imagination troublée ?

*

* *

Jaune putrescent, rose de plaie, rouge cardinal... et puis des tentacules, des bubons, des boursouflures. Éclat sombre, rosé des viscères, perroquets flamboyants, lambeaux de chair, brisures violacées, fleurs par milliers exsudant leur poison musqué comme d'étranges poumons sanguinolents face à une foule qui leur ressemblait.

L'exposition florale s'éternisait.

Apercevoir une *euphorbe d'Abyssinie*, un *anthurium* ou une *aroméliacée* tenait de toute façon de l'exploit derrière les bibis de ces dames et leurs échafaudages alambiqués quand feuillage grotesque, nœuds et plumes paraissaient les affubler d'une véritable pièce montée.

Agacé, Il-Hwan, que son faux col amidonné serrait, se haussa sur la pointe des pieds. Justement, l'un des cache-pot – à moins que ce ne fût un abat-jour retourné – discutait avec sa voisine de la dernière mode à Deauville où il est de bon ton de se coiffer d'une petite marmotte en surah lorsque l'on a l'audace de s'exhiber dans l'un de ces maillots de bain en taffetas caoutchouté qui vous dénude les bras et le bas des jambes !

Deauville ? Une gifle d'embruns et de brise iodée cueille Il-Hwan au visage, en même temps qu'une ombrelle, ou plutôt la silhouette d'Éléna marchant sur la plage au bras de son mari se dessine sous un ciel d'ardoise dans son esprit.

Lychnis à couronne, chuchote une voix près de lui, variété d'œillet d'Inde poussant en rocaille sous nos climats tempérés. Communément appelée « Jalousie ».

Il-Hwan se retourna. Personne.

Devenait-il fou à lier ?

Jaquette noire, tourterelle ou gris perle ?

Rêveur, Yu-Pok opta pour la dernière, l'assortit d'un pantalon à pli et d'un gilet de soie coquille d'œuf gansé de puce, choisit une cravate du même ton à nouer « en régate », puis posa chemise, faux-col, chaîne et gants de peau sur le couvre-lit damassé. Restait à coiffer la tête de son maître.

Il jeta son dévolu sur un haut-de-forme de chez Léger et resta un moment à caresser le feutre souple dont le grisé lui rappelait les robes virevoltantes des bonzes du monastère Haein-Sa non loin duquel il avait passé son enfance. Le sang des kakis éclaboussant le ciel, le toit de chaume décoré de guirlandes de piments, le craquelé du mur en torchis devant lequel se tenait sa mère accroupie derrière les jarres vernissées où macérait le *kim-chi*, tout cela lui revenait très nettement, en même temps que l'odeur vivifiante des pins et le rose foncé des touffes d'azalées poussant dans la verdure des rochers escarpés. « Temps de rentrer ! » grommela-t-il, sans plus voir les meubles en basane capitonnée et le cuivre étincelant du lit qu'il venait d'astiquer se refléter dans la psyché.

En attendant, l'humeur morose du maître semblait avoir tourné depuis qu'il avait reçu cette invitation du monsieur russe à dîner. Bref coup d'œil vers le fond du jardin. La femme-renard était-elle rentrée? « Bonne mère Sakyamuni, se mit-il alors à prier, faites en sorte que s'ouvrent à nouveau ses volets pour que cette demeure retrouve un peu de gaieté ! »

*
* *

Éléna assisterait-elle ou non ce soir au dîner?

L'ascenseur s'arrêta au troisième.

Couinement de la porte à battant comme un soupir feutré, suivi du claquement sec de la grille de sécurité.

Avertissement?

Le fouillis bohème qui régnait dans l'appartement exigu de Todorov était indescriptible. Livres, gravures, souvenirs de voyage et esquisses orientalistes s'entassaient à même le sol sous des eaux-fortes accrochées à la tout-va entre quelque indienne rapiécée jetée sur une bergère et une surprenante collection de fusils arabes, de pistolets circassiens, de lames de Damas et de kriss de Java.

Accueilli par un babouin qui n'attendit pas qu'il eût franchi le seuil pour sauter plutôt cavalièrement sur son épaule, Il-Hwan – tout noué d'appréhension – suivit la cuisinière moustachue au cœur de ce joyeux capharnaüm où, revêtu contre toute attente d'un élégant caftan noir et chaussé d'étranges babouches dorées, celui dont il ignorait qu'il ait tant voyagé se hâta de lui présenter sa première invitée, une actrice russe qu'Il-Hwan prit d'abord pour un homme à cause de son costume en gros velours côtelé. Sa main se crispa sur le haut-de-forme qu'il tenait serré sous son bras. Maudit Yu-Pok ! Comme il était à craindre, ce dernier n'avait pu s'empêcher de le déguiser comme l'un de ces singes sortant à l'Opéra. Il en était à fustiger intérieurement son malheureux serviteur, lorsque Éléna fit son apparition, accompagnée de sa sœur. Enjouée, mais distante, étiquette oblige. Qu'importe. Plutôt soulagé, Il-Hwan ne vient-il pas d'apprendre que si la province retient le beau-frère dans son usine de chaussons fourrés, l'on n'aura pas de sitôt l'occasion d'apercevoir les bacchantes fournies de Charles-Louis, parti en voyage de prospection au Dahomey ?

– Reste à attendre notre invité « surprise », tonne Todorov. Les Britanniques sont pourtant réputés pour leur ponctualité !

C'était étrange, Éléna continuait à l'ignorer alors qu'elle prêtait volontiers son attention à la conversation de « l'invité » qui n'était autre que l'importun assis à ses côtés à la soirée Beaugrain. Un diplomate à ce qu'on disait, qui multipliait lui aussi les allées et venues au ministère des Affaires étrangères, si ce n'est que le chanceux n'avait, lui, aucun mal à rencontrer Delcassé quand revoir l'émissaire coréen semblait curieusement indisposer ce dernier.

La fourchette en argent trie les boulettes d'agneau.

Pourquoi Éléna sourit-elle à l'Anglais ?

Effort. Effort pour supporter la soirée et avaler pour commencer la viande impie que la cuisinière a pourtant relevée d'herbes à la mode russe. Comme d'habitude, ne rien laisser paraître. S'exécuter.

– Vous, aimer peut-êtrrrrrre mieux salade choux, souffle la comédienne à côté de lui.

De fait, tiens oui, la salade proposée ressemble à s'y méprendre à la petite sœur du *kim-chi*. Pressé de sauver sa face, Il-Hwan se rue sur cette alternative tombée du ciel... et reprend confiance et goût à la vie.

Enfin ! Éléna, qui ce soir n'a d'yeux que pour l'élégance de la Verte Albion, a daigné poser un regard sur lui.

Amusé.

La conversation ayant rapidement tourné autour de l'hypnose, sujet à la mode par excellence, Éléna se montra fort intéressée par ses bienfaits dont se vantaient les adeptes de Freud et de Charcot.

– Eh bien, pourquoi ne pas essayer ? avait suggéré Todorov.

– Comment ? Tout de suite ?

– Mais oui, tout de suite.

Gloussements de la sœur.

Ayant accepté d'officier, le Britannique, très en forme ce soir, désigna alors Éléna comme cobaye, laquelle, au grand effarement d'Il-Hwan, ne fit pas même mine de refuser.

Ses yeux ? Deux îles bleues noyées dans les brumes de la Manche à la merci de ce traître.

Grotesque !

À quoi rime cet échange de regards ? Ce qui ressemble à s'y méprendre à une langoureuse et abominable fusion ? Et maintenant ce sourire d'Éléna, apaisé de contentement.

Non. Impossible.

Quelque chose de blanc, de nauséeux, submerge Il-Hwan entre impuissance et incompréhension. Les femmes européennes étaient-elles à ce point inconstantes ? Volages ?

Un petit bout de ciel se détache de ses paupières, et c'est distant à présent, presque détaché, qu'il suit le déroulement des opérations. Partir, vite, quitter cette mascarade. Trouver le moyen de s'éclipser, de s'esquiver d'une situation qui lui échappe complètement.

Éléna à peine endormie, voilà donc qu'il se lève, salue poliment son hôte, quelle délicieuse soirée, si, si, il se sent formidablement bien, mais le travail, les soucis vous savez, non non, ne vous levez pas, ne prenez pas cette peine, laissez donc votre hôte filer « à l'anglaise »...

« À l'anglaise ? Ha ! ha !... Quelle blague ! » murmure-t-il une fois sur le palier.

Il se met alors à rire. Un rire d'enfant blessé.

Seule au milieu du silence, la grille de l'ascenseur a claqué.

*

* *

Rentré rue de Navarin, Il-Hwan ôta ses vêtements et endossa une robe légère.

Le contact frais du lin l'apaisa. Comment avait-il pu s'en passer depuis des mois ?

Puis il ouvrit la fenêtre, et resta longuement à contempler la lune qui veillait, louve solitaire, sur la ligne des pignons gris. Était-ce vraiment la même qui luisait sur les champs de millet en Corée ?

Cette nuit-là, il rêva du mont Pak-San et de poètes hilares déclamant des vers ivres à leur chapeau de crin en dansant un cake-walk effréné qui ne rimait à rien.

*

*   *

Décontenancé, Yu-Pok, qui a passé sa journée en cuisine, dévisage Il-Hwan qui lit, assis en costume traditionnel, sur le tapis.

– Eh bien ! demande ce dernier distraitement, le dîner n'est pas prêt ?

– Mais, Maître... Il n'est que cinq heures !

– Et alors ? N'est-ce pas l'heure à laquelle tu dînes en Corée ?

– C'est que... (son maître est-il tombé sur la tête ?) nous avons prévu au menu une caille « lotie » !

– Lotie ?

– Lotie, oui... (Yu-Pok se rengorge) au Porto, sur « riz » de foie « glas ».

– Eh bien, inutile de te donner cette peine. Ce soir, un peu de *kim-chi* suffira.

Irrité, Il-Hwan fixe le cache-nez de Yu-Pok. Ce vert indéfinissable, innommable. Ou plutôt si, vert Albion. Mon dieu, comment n'y avoir pensé plus tôt ?... Mais oui, et si l'Anglais qui était à la soirée de Todorov était de mèche avec les Japonais ? Ce sourire énigmatique, cette moustache fébrile, et surtout, oui surtout, ces grandes mains de tueur piquées de taches de rousseur... Il-Hwan déglutit. Apparemment, ce traître connaissait on ne peut mieux Éléna, venait peut-être même lui rendre visite à l'atelier, était donc au courant de son adresse ! Le message du soi-disant « ami japonais » n'était-il pas rédigé dans un anglais parfait ? Et que dire de la copie – reçue peu après – de la proposition de l'ambassadeur du Japon à son homologue russe suggérant ni plus ni moins le partage de la Corée ? Qui aurait bien pu se procurer un document d'avant guerre aussi secret si ce n'est un diplomate bien placé ? L'ombre ? Un petit frisson lui parcourt le dos. Les Japonais cherchaient-ils à le supprimer ? Il faudrait songer dorénavant à fermer les volets.

*

* *

C'est à ne rien comprendre.

Indigné, Yu-Pok s'assied sur le billot de la cuisine, pieds ballants. Se tape une rasade à même la bouteille de Porto. Non content de lui renvoyer son plat, son beau plat qu'il a, pendant des heures, concocté avec amour et dévotion, voilà que son maître lève les yeux de son ouvrage et le regarde comme s'il le voyait pour la première fois. « Yu-Pok, lui dit-il, tu te négliges ! » Coup d'œil dans le miroir. Eh bien, quoi, qu'y avait-il de saugrenu dans sa tenue, à part l'écharpe tricotée du savetier qu'il porte toujours enroulée autour du cou ? Est-ce sa faute s'il s'enrhume par les pieds dans ce maudit pays qui ne connaît pas le chauffage par le sol ! Bon d'accord, sa laine molle et grossière et cette sorte de caca d'oie plutôt indéterminé jurent quelque peu sur son col en lin impeccablement amidonné, et son large *padji*, je vous l'accorde, ne tient qu'à l'aide d'une ceinture en cuir (de vache, mais oui) troquée contre un flacon de fine chapardé, il est vrai, dans les réserves de la cuisine, mais quel domestique n'aurait pas cédé à pareille tentation ? Cela étant, était-ce une raison pour l'accuser de se négliger, lui qui n'a fait pendant tous ces mois qu'appliquer à la lettre les fichus préceptes d'occidentalisation de son maître, afin gnagnagna de mieux s'intégrer, gnagnagna de se faire respecter ! Et voilà qu'aujourd'hui... Grrrrrrr, Yu-Pok fulmine, fadaises que tout ça ! Si c'est pour dire blanc un jour et l'autre noir, je t'en ficherais des « Yu-Pok, à Rome, comportons-nous en Romains »... Franchement, a-t-on déjà vu une girouette gagner son combat contre le vent ?

Et puisque c'est comme ça... Le domestique se lève, arpente la pièce dont le carrelage glacial et les courants d'air le font bien évidemment éternuer... je n'en puis plus, je suis à bout, je vais me mettre en « glaive » !

Ah le mot magique ! Ce mot qui traîne sur les lèvres de tous ces nouveaux amis, qu'il est bon, bonne mère Sakyamuni, mais qu'il est bon et revigorant de l'avoir lâché ! L'œil réjoui, Yu-Pok se le répète d'aise, le mastique, le suçote comme une chique, arrose le tout comme il se doit. Aux deux tiers de la bouteille, toutefois, l'image de ce maître esseulé et désemparé sans la vigilance de son domestique, ne sachant pas plus ouvrir un pot de *kim-chi* que boutonner son gilet, le fait soudain larmoyer. Voilà le bon Yu-Pok qui se bat la coulpe, se traite de traître et d'ingrat, se frappe le front contre le sol.

– Ah misère, misère ! Mais qu'ai-je donc fait ? Me voilà ivre comme queue de pelle, comme dirait M. Gus ! Eh bien, quoi ? (dans un dernier sursaut de lucidité) Je bois. Oui, je bois parce que mon maître, mon pauvre maître est devenu fou, fou à lier !

À Éléna, venue aux nouvelles depuis le départ précipité d'Il-Hwan à la soirée, Yu-Pok confirma que oui, son maître était bien souffrant.

– Il reste enfermé toute la journée, se lamenta-t-il, et ne lit plus que des classiques chinois.

Éléna sourit, soulagée.

– Eh bien, cela ne me semble pas trop grave.

– Oh que si, soupire Yu-Pok. (Il eut un geste découragé.) Il est redevenu coréen.

Midi pétant à la grande Cascade ! Enfin, il allait pouvoir revoir Delcassé.

D'excellente humeur, Il-Hwan – qui comptait bien arriver à l'avance dans l'ancien pavillon de chasse – quitta la rue de Navarin de bonne heure.

Bien lui en prit. Dans l'incapacité de trouver un autotax dans ce quartier surtout animé de nuit, il se résolut à grimper dans l'un de ces omnibus à impériale poussivement tiré par trois chevaux, essuya un ou deux embouteillages place Clichy, et finit par attraper un tram en direction de la porte Dauphine où il trouverait bien, du moins l'espérait-il, un de ces fichus « sapins » pour le conduire à destination !

Contraint toutefois de descendre l'avenue du Bois à pied, il commença à mi-chemin (voilà que ses angoisses reprenaient) à se sentir suivi. Les poings plongés dans les poches de sa pelisse, il se hâta alors vers la rangée de fiacres qui attendaient de l'autre côté de la place, lorsque surgissant des buissons touffus qui bordaient la contre-allée, deux individus l'attrapèrent par le col et le projetèrent nez dans la boue sans procès.

– Rentre dans ton pays, sale macaque ! Fous le camp, on ne veut pas de citron ici, tu entends...

Plaquée sur sa nuque, la main accentua sa pression, tandis que le second compère, fort inspiré, se défoulait sur ses côtes à coups de galoche cloutée.

Il-Hwan n'eut pas le temps de se demander si les joyeux drilles avaient été envoyés par l'ami japonais. Tordu de douleur, il en était à se dire que sa dernière heure était arrivée, quand un clappement sonore doublé d'un fracas d'essieux se rapprocha.

– Merde, Jules, on dégage !

Aussitôt, la poigne qui puait le cambouis et le tabac froid desserra sa prise.

– Sale Jaune, toi et ta race, vous ne payez rien pour attendre !

Sonné, Il-Hwan se releva. La scène n'avait pas duré trois minutes que, déjà, les vestes à carreaux disparaissaient au coin du boulevard Flandrin.

– Pas de mal ?

– Pas de mal, s'entendit-il rétorquer en époussetant sa tenue crottée.

Du haut de son fiacre rouge et vert, une figure blême le dévisageait avec pitié.

– Encore heureux que j'aie vu la scène, hein, sans quoi cette sale graine d'Apaches vous faisait la peau.

– Cette graine de quoi ?

Il-Hwan qui en était à supputer le pire s'affola.

– D'Apaches, mon bon sire, de la racaille qui vous détrousse pour un rien. Paris, hélas, en est plein ! Êtes-vous sûr qu'ils ne vous ont rien volé ?

Il-Hwan tâta la poche intérieure de sa redingote. Apparemment non, bien qu'il en aurait été presque soulagé. Impossible toutefois de se présenter au ministre dans cet état. À moins que... Il tira la chaîne de sa montre qui par miracle ne s'était pas brisée... Avec un peu de chance, il avait encore le temps de rentrer se changer.

– Se pourrait-il que ces hommes aient été commandités ? demanda-t-il en prenant place dans le fiacre tandis que le cocher faisait claquer son fouet.

Ce dernier tourna la tête et le dévisagea d'un œil soupçonneux.

– Commandités ? Cela se peut, monsieur. Tout peut arriver dans cette ville.

Et comme Il-Hwan restait silencieux, il ajouta tout à la fois servile et légèrement condescendant :

– On voit bien que monsieur est choqué. Qu'il ne s'en fasse pas, même les rois, dit-on, s'embarrassent dans la vigne !

Il débarqua rue de Navarin en proie à la confusion la plus extrême pour y découvrir le télégramme envoyé le matin même par le Quai d'Orsay.

Le ministre était désolé. Une affaire d'extrême urgence l'empêchait d'honorer son déjeuner. Et paf !

Son agitation retomba comme un soufflet. Il contempla son reflet défait dans la psyché de l'entrée, ombre pitoyable du favori d'un empereur de papier, revit un instant le « glorieux-émissaire-d'antan-piétiné-dans-la-boue-qui-ne-pensait-qu'à-arriver-à-l'heure-à-son-rendez-vous », et se demanda tout compte fait s'il valait mieux rire de tout cela ou en pleurer.

– Eh bien, soupira-t-il après avoir libéré le cocher, ce n'est pas encore aujourd'hui que le roi va tirer son vin, on dirait !

Il se sentit brusquement las. Las et découragé. Par la vie, et pour commencer par cette France qui le trahissait pour mieux l'humilier et qui avait indubitablement les yeux d'Éléna.

Seule consolation : Japonais ou Anglais ne pourraient pas même se vanter de l'avoir empêché de rencontrer Delcassé !

*

* *

Le rideau retomba sur la scène, suivi d'une longue ovation.

Encore absorbée par le spectacle, Éléna rangea distraitement ses jumelles et se leva. Todorov lui saisit le bras.

– Belle adaptation du *Roi Lear* par notre ami Loti, vous ne trouvez pas ? Je ne pensais pas qu'il fût capable d'exceller dans Shakespeare avec autant de brio que dans ses japonaiseries ! À propos, avez-vous des nouvelles de notre ami Il-Hwan ?

Impossible de deviner si c'est son geste ou l'évocation de l'Étranger qui vient de la faire sursauter.

– Non, répondit-elle. Ou plutôt si, j'ai entendu dire qu'il était indisposé.

– Indisposé ? Impossible, je l'ai aperçu l'autre jour chez ce prétentieux Jacquard. Qu'il songerait tôt ou tard à repartir ne m'étonnerait pas, après tous ces alarmants événements à Moukden ! Mon Dieu, pauvre Russie ! Empire en lambeaux... décadence et servilité, se mit à déclamer Todorov, putrescence de cet uniforme mité. Faut-il croire que nous endurons pareille peine, pareille humiliation dans le seul but de voir un jour le sort des générations futures s'illuminer !

D'un coup d'œil en biais, il dévisagea la jeune femme. Celle-ci n'écoutait plus.

*

* *

Ce silence. Ces rideaux tirés derrière chaque pièce. Ces portes-fenêtres désespérément closes sur le jardin.

Éléna frissonne. Dressée contre le ciel exagérément bleu, cette façade muette lui semble soudain trop nue, trop blanche. Vidée de vie.

Elle doit en avoir le cœur net. Tant pis pour la bienséance, elle ira frapper rue de Navarin.

Le heurtoir résonne dans le vestibule sans plus de réponse.

Désemparée, Éléna s'appuie contre la porte qui cède sans bruit. Angoisse. Pourquoi celle-ci n'est-elle pas même fermée ?

Elle entre, pénètre plus avant, se risque dans une pièce qu'elle ne connaît pas. Déserte. Où se cache donc le domestique ? La découverte d'un premier salon avec ses meubles déjà recouverts de housses accroît sa perplexité. Non, raisonnons, Il-Hwan et son serviteur n'auraient pu partir ainsi.

En tout cas, elle respire, aucune trace de bagages. Allons. Elle s'apprête à rebrousser chemin, horrifiée par son indiscrétion, quand le chant ténu d'un oiseau lui fait dresser l'oreille.

Vide plein. Rectitude, fluidité.

Inspiration.

Gorgé d'encre, le pinceau effleure l'air. Vol suspendu, énergie concentrée. Prêt à exécuter sa course folle et mesurée sur le papier.

Trajectoire du soleil. Les oreilles d'Il-Hwan bourdonnent.

Accoucher de ces idéogrammes d'un seul souffle. Se laisser entraîner par la coulée aérienne comme s'il était devenu le pinceau lui-même.

Cet exercice qu'il avait cru bon négliger depuis quelque temps lui plaît. Retransmis dans sa famille de génération en génération, l'art de la calligraphie n'est-il pas une ascèse indispensable à la récupération de l'énergie vitale et de la maîtrise de soi ?

Satisfait du résultat, Il-Hwan broie le bâtonnet d'encre décoré de dragons dans sa coupelle et se penche pour mouiller son pinceau. Un craquement léger l'oblige à lever la tête. Froncement de sourcils : n'avait-il pas recommandé à Yu-Pok de ne pas le déranger ? L'apparition d'Éléna, tel un idéogramme de lumière surgissant sur le seuil de la pièce, le laisse coi.

Sans le voir – est-il aussi transparent ? –, cette dernière s'avance sur la pointe des pieds vers la cage qui se balance devant la fenêtre, et reste un long moment à contempler en silence l'oiseau rapporté par Yu-Pok. Glissant sur le parquet, un rai de clarté joue à ses pieds. Pourquoi porte-t-elle des chaussures rouges ?

Il-Hwan risque un toussotement inaudible, soudain pétrifié à l'idée de faire disparaître ce qui ne peut s'apparenter qu'à une vision sans nul doute due à ce gros effort de concentration.

Sa seconde réaction est de se demander, quelque peu courroucé, ce qu'elle fait ici.

– Non, impossible ! s'entend-il murmurer tout à coup d'une voix d'outre-tombe, et puis d'abord, pourquoi Yu-Pok vous aurait-il fait entrer ?

Tétanisée, Éléna a fait volte-face et dévisage à présent Il-Hwan comme une enfant surprise en flagrant délit. Qu'il a l'air pâle et sévère dans sa robe d'intérieur nouée sur le côté, les traits tirés sous sa calotte de gaze noire.

– Il-Hwan-Si ! finit-elle par balbutier. Pardonnez-moi, j'avais si peur que vous nous ayez quittés !

« Il-Hwan-Si » ? Quelque chose se froisse à l'intérieur d'Il-Hwan, fait soudain fondre en lui tout ressentiment. Éléna ne l'a pas appelé monsieur Park comme elle en a l'habitude. Comment peut-elle connaître ce terme de déférence typiquement coréen ajouté à son prénom ?

– Vous quitter ? bredouille-t-il... (Son ton se radoucit.) Quelle drôle d'idée ! Alors que le Rouge est en train de disparaître et que le Vert devient gras !

– Que le Vert devient gras ? (Éléna ouvre des yeux comme des soucoupes.) Que voulez-vous dire ?

– En Corée, les fleurs s'épanouissent avant les feuilles, répond Il-Hwan doucement. N'y a-t-il pas de saison plus belle que le printemps à Paris ?

La pénombre fraîche, l'aspect irréel de ces retrouvailles et leur mutuelle retenue les inciteraient presque à chuchoter. Éléna observe Il-Hwan sans trop y croire. Comme elle en oublierait presque la raison qui l'avait blessée devant cet instant d'harmonie retrouvée.

– Je vais vous laisser, s'excuse-t-elle au bout d'un long silence. Après cette incursion... comment dire... dans votre intimité.

Le visage d'Il-Hwan s'est refermé. Aura-t-il seulement la force de reprendre ses exercices de calligraphie ? Toute cette histoire est ridicule. Juste bonne à remuer les plaies de ce qui n'appartient plus qu'au passé.

– Attendez !

Il s'est écrié un peu plus fort qu'il n'aurait souhaité alors qu'Éléna s'apprête à le rendre à sa tranquillité.

– Juste un mot, un seul avant que vous ne disparaissiez. Pourquoi... (Il hésite.) Pourquoi ne m'avez-vous pas prévenu que vous alliez vous reposer à Deauville ? Aurais-je lâché quelque mot déplacé lors de notre escapade à Montmartre ? Pourquoi m'avez-vous laissé sans nouvelles comme si notre amitié ne comptait pas ? Savez-vous que je me suis inquiété ?

Inquiété !

Éléna sourit, lointaine.

– Je vous croyais occupé par la vie parisienne !

Et puis, devant cet air désemparé qui ne rime à rien, et qui pourtant, elle ne sait pourquoi, la touche par sa sincérité :

– C'est que, voyez-vous... Oh, et puis autant vous l'avouer, j'étais un peu jalouse de vous imaginer en train de vous amuser dans les bras de toutes ces prostituées !

– Toutes ces prostituées, qu'est-ce à dire ? (Songeur, Il-Hwan réfléchit...) En voilà bien une rumeur. Il est vrai que Todorov... (Il rougit) m'a entraîné le soir de la fête aux manèges dans un de ces lieux innommables où je me suis retrouvé ne trop savoir que faire en compagnie d'une de ces... Oh ! Éléna, comment pouvez-vous penser une seule seconde que je... (Il-Hwan s'est levé, immense dans sa robe de soie amidonnée) ... moi qui préfère de loin la compagnie d'un bon livre à celle de ces minauderies bon marché au point que j'ai longtemps été la risée de mes camarades en Corée.

– Vraiment ?

Décontenancée par sa franchise, Éléna s'est avancée.

– Parce qu'un jour, participant à une soirée où le maître de maison avait convié en l'honneur de ses invités quelques *ki-saeng*, comme on appelle chez nous les courtisanes, j'ai pris mes jambes à mon cou quand l'une d'elles, après avoir dansé, s'est mise en tête de me donner la béquée.

– Mon dieu, mais c'était sans doute faire preuve de beaucoup d'irrespect à l'égard de votre hôte !

– En effet, reprit Il-Hwan, penaud. D'autant que le seul moyen trouvé pour ne pas l'offusquer fut de prétexter que j'avais les intestins dérangés. Ce qui d'une certaine façon fut pire, car c'était sous-entendre assez abruptement que sa cuisine me semblait avariée ! Mais enfin, soupira-t-il, heureux soudain de la voir rire, moi qui me faisais une joie de vous retrouver chez Todorov. Ce soir-là, c'est vous qui paraissiez fort occupée ! Au point de ne pas même vous apercevoir de ma présence, accaparée que vous étiez par ce... ce traître... cet horrible...

– Anglais ? (Ses yeux le fixent entre candeur et hauteur amusée.) ... Une façon comme une autre de célébrer le départ de cet encombrant personnage de la capitale. Sa mission, rassurez-vous, est terminée, Todorov ne vous a pas prévenu ?

– Terminée ?

Stupeur. Le mot roule dans la gorge d'Il-Hwan. S'entortille, se rebiffe et finit par gronder, bête apaisée, poil hirsute encore mouillé. Mon dieu, comment a-t-il pu ? Dire qu'il a même été jusqu'à envisager qu'Éléna soit de mèche avec l'Anglais pour mieux le harceler !

– Quant à vous ignorer..., reprend-elle vivement après un petit silence qui crépite aux oreilles d'Il-Hwan comme un pétard qu'il vient d'allumer,...la société ne nous impose-t-elle pas de déguiser nos sentiments quels qu'ils soient ? (Elle haussa les épaules.) C'est en tout cas notre lot, à nous les femmes : prétendre, dissimuler... Certaines excellent dans cet art par jeu, ou pour le plaisir de tromper, une façon comme une autre de préserver son jardin secret ou son espace vital. Quand d'autres (sa voix fondit) s'y accrochent parfois comme à une bouée...

Ils se turent.

Pourquoi Éléna sent-elle bêtement ses larmes monter ? Est-ce le parfum de musc et de santal que dégage Il-Hwan ? Cette encre tumultueuse, trait suspendu, qui noircit la soie déroulée à même le sol comme une mélodie interrompue ?

Elle fixe sans mot dire la pointe recourbée des bottes en coton, leur blancheur immaculée qui tranche sur le parquet blond et lui rappelle le cri des mouettes sur la plage de Deauville. Ce clappement d'ailes, désordre de becs et de plumes, vers lequel se réfugiait son regard pour ne pas entendre les sarcasmes de Charles-Louis.

– Pardonnez-moi, murmure la voix d'Il-Hwan derrière elle.

Elle ferme alors les yeux et laisse les deux bras l'envelopper. Doucement. Sans savoir comment.

Dans un état d'apesanteur qui n'a aucun nom et qui abolit le temps.

*

* *

Quand Yu-Pok rentra de ses emplettes – à vrai dire une causette avec le concierge de la Folie Bothorel qui, moyennant une petite bouteille, savait vous glisser le numéro du cheval gagnant à la prochaine course d'Auteuil, sa surprise fut grande de trouver porte à moitié ouverte. Sa première réaction fut l'affolement. Il est vrai que ne songeant s'absenter plus de cinq minutes, il en avait omis de tirer cette dernière. « Bonne mère Sakyamuni, si quelqu'un s'est introduit à l'intérieur, voilà votre pauvre Yu-Pok cuit ! » Toutefois, en reconnaissant le parfum subtil de la Dame-renard, cette fragrance lumineuse et violette qu'elle avait coutume de laisser sur son passage – n'était-elle pas déjà venue le voir deux ou trois fois ? – il sourit. Endurer les foudres de son maître ? Ma foi, si certaines coïncidences pouvaient avoir du bon dans la vie ! Pourtant, il écouta : aucun bruit.

Perplexe, il se dirigea vers le salon au billard où se tenait habituellement ce dernier quand il lisait ou écrivait. À l'exception de l'oiseau, la pièce était vide. Son regard tomba sur la calligraphie inachevée, sur l'encrier en onyx et le bâtonnet d'encre à moitié broyé qui déjà séchait, puis effleura un peu plus loin, long serpent brodé de nacre, l'écharpe d'Éléna abandonnée sur le sofa.

Yu-Pok se posta alors face à la cage, se laissa un moment bercer par les trilles de l'oiseau, puis sortit de sa manche, tout écorné, son inséparable livre de français.

– *Cu-currr-bi-ta-cée*..., se mit-il à ânonner, je répète, ai-je une tête de cucurbitacée ?

Répondez !

Les baguettes, clac clac, retombèrent avec un bruit mat sur le carrelage.

Pile, face, face, trois lignes brisées, Yin naissant.

Face, pile, pile, une ligne pleine, Yang naissant.

Deux lignes brisées : Yu.

Le tonnerre sort de la terre comme un oiseau de feu qu'on lâche.

Ainsi va l'amour. Favorisant.

– Pas de doute, chuchote Yu-Pok au serin qui l'accompagne dans la cuisine, les compagnons sont à présent rassemblés comme cheveux par l'épingle du chignon ! Qu'en penses-tu ?

En tout cas, lui n'est pas mécontent. Dire qu'il avait mal jugé la femme française. Avait-il seulement rencontré depuis qu'il était ici une personne aussi curieuse et généreuse d'esprit ? Assez respectueuse de la culture des autres pour lui demander comment on disait « Bonjour » et « Au revoir » dans sa langue. Qui aurait cru, la seconde fois qu'elle était venue sans succès s'enquérir de l'état de santé du maître, qu'il oserait même, devant son insistance, lui faire goûter au pot de *kim-chi* !

Paupières closes, attentive à la houle qui fait encore chanter son corps, Éléna en écoute la petite musique dont l'écho fait battre son cœur.

« Le saut de la carpe », murmure-t-elle. Est-ce donc cela, ce petit miracle des dieux qui vous soulève l'âme et vous fait décoller le corps pour mieux vous achever « femme » ? Ce plaisir-tabou tenu au secret par les seules initiées comme une volupté honteuse, tout juste apanage de quelques amazones dépravées ? Et que dire de cette alchimie des corps que se gardaient bien de transmettre les mères plus aptes à décrire les affres et les tortures du devoir conjugal !

Se remémorer leur première étreinte comme un soupir, valse longue, charivari des tentures. Et puis l'escalier qui tourne, tourne, jusqu'à cette grande chambre claire, ce flot de lumière comme au sommet d'un phare. Là où bascule le ciel et se dérobe la mer, pour mieux s'entremêler. Se souder âme et chair, pulpe et lumière. Fusionner en une impalpable ligne d'horizon. À ne plus savoir où commence le ciel et où se termine la mer. Chaos des sens. Naissance de leur univers. Au creux de ces draps froissés comme une brassée d'œillets. En tout cas, loin de Terre.

Sur le tapis flambe la soie d'un vêtement.

Éléna sourit. Son plaisir de femme était-il donc si simple, si évident à découvrir grâce aux bras d'Il-Hwan ? Soprano pur, sanglot de cristal... Elle rit : pas si animal que ça !

Tout en se brossant, elle observe ce dernier qui semble s'être assoupi.

La tache de naissance sous la clavicule, la poitrine imberbe... Elle se demande la tête qu'il avait, chignon déployé, avant qu'il ne tranche sa natte.

– Tout un symbole, lui a-t-il expliqué. J'ai tenu longtemps, malgré mes idées progressistes et le désir depuis toujours de voir mon pays s'ouvrir à l'Occident. Et puis un jour, je me suis fait la réflexion que l'on pouvait crier sa liberté autrement. Que l'on pouvait résister à l'Envahisseur, rester fidèle à sa culture, à sa religion et à son pays, tout en évoluant. Les symboles auxquels on s'accroche sont souvent des garde-fous pour les âmes simples. Mais parfois, ils ne sont qu'encombrants arrangements destinés à donner bonne conscience à ceux qui ont peur de sauter. Je n'ai alors eu aucun scrupule à faire couper mes cheveux au grand dam de mon père et de mon épouse. Adopter l'Occident en apparence ne veut pas dire que mon cœur a cessé d'être coréen !

Il-Hwan a relevé le buste. Il s'appuie sur un coude et ouvre comiquement un œil en direction d'Éléna.

– Je dois te faire un aveu...

Silence.

–... Sais-tu que je t'avais déjà vue avant que nous nous rencontrions ?

Éléna sourit, énigmatique.

–Où ça ?

–En Suisse. Au Casino de l'Hôtel Krönenhoff. Joues-tu souvent ?

Elle rit, nullement surprise. Leur histoire se recoupait. Décidément friands de hasards, les dieux rigolards s'étaient bien amusés.

–Oh, c'était bien la première et la dernière fois.

–Vraiment ?

Il-Hwan la dévisage, intrigué.

–Bien sûr.

Éléna se lève, chatte voluptueuse et troublée, et va s'appuyer à la fenêtre.

–... La sagesse ne conseille-t-elle pas de finir en beauté ?

Sur les draps, un parfum de violette.

Une flaque de ciel, le vert cru des marronniers et, montant de la rue derrière, le cri d'un rémouleur, à moins que cela ne soit celui du charbonnier.

–Ma mère est morte quand j'avais trois ans, chuchote Éléna. Elle formait avec mon père, paraît-il, un couple ardent... (elle rougit) ... intellectuellement, je veux dire. Excepté en matière de religion.

Coup d'œil perplexe d'Il-Hwan.

–...Ma mère était catholique et mon père libre penseur.

–Cela ne me semble pas incompatible, rétorque Il-Hwan songeur. L'homme n'appréhende-t-il pas l'univers, armé de son compas et de son fil à plomb, quand vous, les femmes, aimez à le reconstruire aux couleurs de vos émotions ?

Silence. Sentir la chaleur, la complicité attentive d'Éléna à ses côtés.

– ... Je n'ai pour ma part aucune conviction, souffle-t-il, encore incrédule devant cette intimité toute neuve, si ce n'est la croyance, fortement ancrée chez tout confucéen, en un ordre moral qui est à mon sens la base même de toute religion. Voilà pourquoi le culte des Ancêtres passe chez nous avant toute confession.

– C'est étrange, murmura Éléna brusquement, je n'ai pas besoin de croire en Dieu pour le sentir partout. Sans doute est-il seulement un peu plus présent à certains moments.

Figer l'instant, oui, l'étirer comme une note ténue, point d'orgue plein, vibrant. Cueillir l'éternité dans la perfection du moment.

L'ombre d'Éléna se penche à nouveau sur lui. Il-Hwan a saisi son poignet. Au diable les tergiversations humiliantes de Delcassé. Au diable Anglais, Russes et Japonais.

Songe recommencé.

Ces deux-là, assurément, s'entendaient mieux que rempart et citadelle. C'est qu'il fallait les entendre rire et chuchoter tout l'après-midi quand Éléna venait. Et puis ces échanges de regards langoureux quand l'heure de se séparer sonnait, cette humeur mutine et cet appétit de loup qu'Il-Hwan avait subitement retrouvés. Oh, en tant que domestique, Yu-Pok n'allait pas s'en plaindre. Il aurait pu servir à son maître une semelle de botte arrosée de lait de chamelle que ce dernier ne s'en apercevrait. Était-ce ce qu'on appelait l'Amour ? Cette question le taraudait. Certes, les mariages arrangés, ici comme en Corée, devaient bien à la longue engendrer affection et respect. Mais ce sentiment « amoureux » autour duquel la littérature occidentale aimait à tournicoter, ces passions terrifiantes qui s'échevelaient jusque dans la mort, voilà une distorsion de l'esprit qui n'était pas sans l'intriguer. La conscience d'appartenir à un groupe ou à un clan ne devait-elle pas l'emporter sur ce jus de pétales empoisonné, cette humeur sourde et violente qui ne répondait que du caprice de deux individus ?

Et puis flûte, voilà qu'à faire le grand philosophe il en a brûlé son fond de veau ! Que connaît-il du bonheur de serrer entre ses bras une femelle chaude et frétillante ? Au service de la famille Park depuis sa naissance, marié, il ne l'a jamais été !

Il plisse les yeux, se concentre sur le contenu de sa casserole, se brûle les doigts. Parfois, il voudrait avoir l'audace de Gus, capable de conter fleurette à une des nourrices du square, rien que pour soupeser ses gros nichons blancs du regard. Lui, c'est la petite Pierrette qu'il aimerait bien emmener danser. Celle qui vend le bon lait mousseux de sa vache aux passants : ah, il faut la voir tirer sur les pis renflés de l'animal, les allonger, les malaxer, vous triturer tout ça avec une dextérité qui laisse coi. Bien évidemment... Yu-Pok soupire... Que faire de la vache au bal ? Comme dirait le journaliste russe qui sue des mains et prend sa cravate pour sa serviette, that is bien la question !

*

* *

– Aimez-vous votre femme ?

C'est demandé comme ça. Simplement. Avec cette sorte de gravité désinvolte qui sied après l'amour.

Il-Hwan fronce néanmoins les sourcils, tandis que le parfum frais de Sun-Hi, mi-agrume, mi-poudre de riz, l'enveloppe un peu plus qu'il n'aurait voulu. Doit-il s'avouer qu'il ne s'est jamais posé la question ?

– Oui, répond-il embarrassé. (Après un silence.) Parce que mon père me l'a choisie. Et vous (gêne polie), aimez-vous votre mari ?

– Non (rire frais), parce qu'on me l'a imposé.

Il-Hwan sourit devant l'impertinence. Ça, c'était bien de l'Éléna tout craché. Ou plutôt ce drôle d'Occident qui se démarquait de l'Orient en cherchant à tout prix à se libérer des entraves de la société. Dire qu'il y a seulement quelques semaines, cette réflexion l'aurait ulcéré !

Au-delà de la fenêtre, son regard se perd dans les encres délayées et les iris du ciel. Il y voit Sun-Hi, petite, dans ses habits multicolores, accrochée à la queue d'un cerf-volant à l'âge où les familles s'étaient déjà promis l'une à l'autre les deux enfants. Il inspira longuement, tout étonné de livrer pour la première fois son véritable sentiment.

– Je crois que j'aime ma femme, oui, je la respecte infiniment.

Éléna ne répondit pas. Rien qu'à travers cet aveu, elle n'en aimait cet homme que davantage.

En pareilles circonstances, Charles-Louis aurait-il dit cela ?

*

* *

Cette nuit-là, Il-Hwan vit en rêve un palanquin laqué de sang s'acheminer lentement sous la neige, papillon tremblant au milieu de tout ce blanc, et sut instantanément – comment ? pourquoi ? voilà bien la logique inexpliquée des rêves – que le cortège était fantôme et que la chaise ne transportait aucune mariée.

Il se réveilla mal à l'aise, étrangement harcelé par l'image, et se surprit tout d'abord – bien que cela ne fût d'aucun rapport – à s'inquiéter de ne plus recevoir de nouvelles du mystérieux Japonais. Grotesque. Voilà que cet étrange silence commençait à le perturber plus encore que ces petites menaces déguisées ! Puis il se demanda si, en voyant Éléna, il ne trahissait pas le sentiment pur et chaste qu'il éprouvait pour sa femme. Une affection ample et protectrice qu'il comparait maintenant qu'il y songeait à celle d'un frère aîné. Assurément, non. Allons, voilà que les idées d'Éléna en la matière déteignaient à présent sur lui. Les « tromperies » de couple, tout comme la passion ou l'amour fou, n'étaient-elles pas une de ces notions typiquement occidentales, surtout pour un Oriental de son rang qui se devait – l'idée lui avait toujours fait horreur – de prendre à charge sous son toit une ou plusieurs concubines ?

Il grimaça, puis se décida à écrire une longue lettre à Sun-Hi.

La première depuis des mois.

Tout en songeant avec tendresse à sa femme, il se demanda néanmoins pourquoi il ne s'intéressait que poliment à son monde. Ce monde qui lui semblait si lointain, tissé de petits bruits, de petits chagrins, de petits riens, quand il était prêt à partager avec Éléna jusqu'aux méandres de son âme.

*

* *

La petite Pierrette l'avait accompagné au bal !

Encore sonné par la bière et les flonflons, Yu-Pok happa l'air frais tout en mimant sur les pavés la danse de la baleine et du goujon.

La petite Pierrette avait mis sa robe du dimanche. Elle était venue à la guinguette avec ses amies, toutes revêtues du costume breton ! Si ce n'était pas d'une exquise délicatesse. Comme pour le mettre à l'aise, lui, l'étranger, une manière de lui chuchoter qu'il avait bien raison de garder sa tenue nationale. Ce qui tombait bien car personne ne lui ferait jamais enfiler une de ces paires de caleçons qui vous serraient les jambes pour mieux les transformer en saucissons. Enfin ! qu'est-ce qu'ils avaient bu, ri et dansé ! Il avait même appris des choses insensées en compagnie de ses nouvelles amies qui travaillaient toutes en atelier ou en usine. Que les femmes au travail, elles aussi, s'insurgeaient ! Qu'à Douarnenez, elles étaient quatre mille sardinières à réclamer de ne plus être payées à la pièce mais à l'heure, ce qui, calcul fait, n'était pas si sot quand on en travaillait dix-huit par jour. Là-dessus, Gus avait grommelé que, de toute façon, la place des bonnes femmes n'était certainement pas en usine mais au foyer. Et les hommes présents, notamment un ouvrier qui travaillait dans le biscuit et que tout le monde surnommait « le Syndicaliste », de renchérir en se plaignant qu'elles les mettraient tous au chômage avec leur main-d'œuvre bon marché qui coulait les salaires. Ce dernier affirmant même qu'il connaissait des usines où les hommes étaient prêts à faire grève pour qu'on renvoie les ouvrières... Alors là, par les nichons de toutes les bodhitsattvas, qu'est-ce qui lui avait pris ? Était-ce la vue de ces doigts jaunis de nicotine qui s'apprêtaient à palper le croupeton de la Pierrette ? Toujours est-il que les sangs lui étaient montés à la tête : « Eh bien, messieurs, s'était-il égosillé, quels goujats vous faites quand vos sœurs font montre d'une pareille solidarité (par quel miracle, le mot ne fut-il pas ébréché ?). Un coup d'éclat qui lui avait bien évidemment valu un petit succès au point que Gus même l'avait applaudi. Et que dire de la petite Pierrette toute rosissante, qui, avant de le quitter, avait tenu à lui donner, à lui, l'humble Yu-Pok, sa cocarde rouge à larges rubans qu'elle portait coquettement épinglée au-dessus de l'oreille !

Et c'est bouillant d'une ardeur toute neuve à défendre la grisette et le rejeton qu'il s'engagea sur le pont en chantant à tue-tête « Vive la Bretagne, et que vivent les Bretons ! ».

Séoul, 26 mars 1905

Cher vénéré et respecté époux,

Regarder tomber la neige des cerisiers, puis celle des grenadiers qui balaie mélancoliquement les allées, me rappelle chaque jour que le temps passe, même si sa petite pendule semble s'être arrêtée dans mon cœur depuis que j'attends votre retour. Après votre départ cet automne, les fruits d'or du plaqueminier se sont pourtant longtemps balancés devant notre fenêtre. Du moins croyais-je encore les apercevoir sous le givre qui a recouvert pendant de longs mois ses branches nues et noires, promesses éclatantes et charnues de nos toutes proches retrouvailles. À présent sans nouvelles, je ne sais plus. Reconnaîtrais-je même le visage de l'aimé, si jamais cette lointaine Europe nous fait la grâce de ne point le garder auprès d'elle ?

L'autre jour, votre aimable ami monsieur Collin de Plancy, qui donnait une grande fête à la Légation à l'occasion de son anniversaire, a expressément chargé votre fils de vous y représenter. Tâche dont ce dernier – malgré son jeune âge – s'est acquitté avec succès en déplorant gravement l'absence de son père à l'aide d'un petit compliment soufflé par son précepteur de français où il a formé l'espoir de revenir à vos côtés le jour de la fête du 14 juillet. Puisse son désir être exaucé...

Cette anecdote amusera-t-elle Il-Hwan ?

Sun-Hi relève la tête, mordille son pinceau. Inutile d'alarmer son époux, de lui raconter que la ville est infestée d'uniformes depuis que les troupes japonaises, remontant vers le nord, sont partout. D'autant que le service des Postes, administré par ces derniers, ouvre le courrier. Inutile non plus de lui rapporter les bruits qui courent. Que d'ici peu, la Corée ne sera bientôt plus qu'une province de l'Empire du Soleil Levant, que les petites gens, acculés par la faim, s'y préparent. Et que, pire – Sun-Hi soupire –, certains s'entendent à en reporter la faute sur la classe des *Yang-ban*, c'est-à-dire la leur. Toutes ces factions dirigeantes (« corrompues », avait bien insisté le marchand de pastèques) qui n'avaient cessé de s'entre-déchirer pour leur propre profit, un coup les Chinois, l'autre les Russes, le troisième les Japonais quand il ne s'agissait pas des Américains, au lieu de faire front commun contre le pernicieux envahisseur !

Sun-Hi fixe le petit nuage blanc qui file derrière le lattis qu'elle vient de faire coulisser. Duvet de soie effilochée, robe de lettré roulée en boule, robe d'Il-Hwan au ton d'iris velouté, celle qu'il porte peut-être aujourd'hui sous son bonnet de gaze à ailerons dans une rue d'Europe, une rue noire de Paris au pavé mouillé de pluie.

Devant tant d'inconnu, Sun-Hi frissonne. Bien sûr

que le prestige de son mari s'en trouve rehaussé, mais, dans le même temps, rien qu'à la pensée de tout ce qu'il voit et que ses yeux à elle ne connaîtront jamais, ce dernier lui semble inexorablement s'éloigner, lui paraît de plus en plus étranger. Tout en rougissant, elle pense à ces drôles de sous-vêtements à la Française qui étranglent la taille et font saillir éhontément ces boîtes à lait que toute Coréenne normalement constituée cherche à aplatir à force de bandages sous le *chogori*. Ces corsets vantés par les réclames des magazines qu'elle a découverts à la Légation, depuis qu'elle fréquente l'épouse de l'ancien attaché commercial, un Bourguignon qui aime les Coréens et tempête contre les Japonais.

Mme Collard l'invite pour le thé qu'elle sert bien noir sur des napperons blancs, avec des tartelettes au citron qu'elle a elle-même confectionnées et dont elle lui a confié la recette. Mme Collard a une voix pointue et des mains grassouillettes. Des mains qui parlent tout le temps, qui bougent sans répit comme son croupion tendu de soie verte et ses petits pieds chaussés de bottines vernies, tandis qu'elle lui raconte l'Europe, ses drôles de maisons à étages aux ouvertures parées de verre, la suie du ciel où ferraillent les cheminées des usines, les réverbères à gaz qui éclairent les rues. Elle lui parle aussi de ces palanquins à moteur qui remplacent peu à peu les calèches, de l'engouement pour ces machines à deux roues qu'on appelle bicyclettes, des femmes qui descendent dans la rue qu'on nomme des suffragettes... Et Sun-Hi, les yeux ronds comme des gâteaux du nouvel an, s'accroche à ces bouts d'images – Mme Collard lui a même montré une revue où s'étalait une photo du métro parisien avec en fond la tour Eiffel

– avec l'impression de s'agripper au manteau d'Il-Hwan telle une mendiante en quête d'un peu de soupe chaude ou, pire, un chien abandonné, avide de caresses.

– On n'arrête pas le progrès, n'est-ce pas ? s'est vantée Mme Collard en lui apportant un jour un gâteau à la crème. Savez-vous qu'il existe des bateaux frigorifiques ? D'ici qu'on ait dans chaque maison une boîte à conserver la glace, et je serai la plus heureuse des femmes !

Le fait que les Coréens aient inventé la glacière plusieurs siècles auparavant avait soudain fait fondre la timidité de Sun-Hi. Et que dire de l'observatoire astronomique de la reine Son Dok ou de l'ingénieux cuirassé en forme de carapace de tortue de l'amiral Yi dont les fumées soufrées (crachées – excusez du peu – par une proue en forme de tête de dragon) avaient eu raison de l'armada japonaise en leur temps, en asphyxiant ses assaillants, puis en enflammant leurs navires !

Son cœur s'était mis à battre. Son pays n'avait peut-être pas tant à envier à tous ces Européens et ces Américains ! Bah, Mme Collard pouvait lui parler de ces petits pianos à écrire dont on se servait à présent à Paris pour obtenir instantanément une belle missive imprimée... Tout ça n'était finalement pas si intimidant. Ses compatriotes n'avaient-ils pas conçu l'imprimerie deux siècles avant son Gutenberg ?

En tout cas, c'était d'égale à égale à présent qu'elle lui racontait elle aussi son pays.

Mme Collard était chrétienne. Elle aimait répéter à tout bout de champ que quoi que l'on fasse ou devienne, on se retrouverait tous égaux devant le Jugement Dernier. Ce qui ne l'empêchait pas de s'intéresser à la religion de Sun-Hi.

Elle lui dit un jour avoir remarqué que beaucoup plus de femmes que d'hommes étaient bouddhistes en Corée et lui en demanda la raison.

– Normal, s'écria Sun-Hi spontanément, si votre Jésus affirme que les derniers deviendront les premiers, notre Bouddha, lui, promet aux femmes croyantes de multiplier leurs chances de se réincarner en hommes !

Cet après-midi-là, elles avaient bien ri.

Retrouvant toutefois son sérieux et le maintien de son petit doigt levé, Mme Collard avait brusquement demandé à Sun-Hi entre deux gorgées de thé brûlant si elle aurait préféré être un homme.

Un homme ?

Quelle drôle de question ! La conscience intime de son univers féminin l'avait aussitôt submergée : quelque chose de doux et de feutré. D'humide et de secret comme le parfum d'un sous-bois. Comme l'une de ces fleurs de buée dessinées fugitivement par son pied à la sortie du bain sur le plancher sombre et lisse du *maru*. Tandis que celui des hommes habitués à tenir les rênes de ce monde avec toutes ces responsabilités et ces enquiquinements extérieurs lui apparaissait soudain sous une lumière si crue, si violente, qu'elle ne put s'empêcher de fermer les yeux.

– Non. (Elle secoua la tête.) Je crois que je préfère m'en tenir modestement à la place que m'a choisie le Créateur. Si ce n'est, peut-être... (elle réfléchit) que j'envie parfois mon mari de pouvoir défendre son pays.

Les boiseries, les dorures, les hauts, très hauts plafonds du ministère des Affaires étrangères.

La voix du ministre. Accent caillouteux, chantant. Bonhomie ondoyante. En opposition avec la ride d'une rectitude pesante qui lui barre le front et semble détoner dans ce monde tout en courbes, des pieds du mobilier Louis XVI aux moulures de la coupole, en passant par le mollet torve, gainé de soie beurre frais du chambellan.

Delcassé est seul. Son cabinet ne le suit pas.

Il explique à Il-Hwan la politique traîtresse de von Bülow, le chancelier allemand, la visite coup d'éclat à Tanger de l'odieux Guillaume II venu tout spécialement soutenir l'indépendance du sultan au Maroc en osant y dénoncer l'impérialisme français, sans parler de l'initiative de ce fourbe à lancer contre son gré et l'intérêt de la France la conférence internationale d'Algésiras, histoire de remettre en question le partage de la région, pierre d'angle de cette Entente cordiale qu'il s'est escrimé à façonner entre Français et Anglais... Alors vous comprenez, la Corée... Et encore, si nous y avions des intérêts !

En bon diplomate, cela, bien sûr, il ne le dit pas. Mais c'est exactement ce qu'Il-Hwan lit dans ses gestes, ses mains noueuses qui lissent un instant le porte-buvard dans un soupir agacé, et puis son regard, ce regard trouble d'huître fatiguée.

Non, Delcassé est seul. Delcassé ne le voit pas. Pas plus qu'il ne voit le petit cafard rond qui se promène tranquillement à ses pieds. Noir et luisant comme l'œil de von Bülow. Ou l'uniforme japonais. Ou tout compte fait, comme ses chaussures vernies qui semblent provenir du Bon Marché.

Et Il-Hwan, les yeux rivés au tapis, se demande à présent comment il a pu être assez fou pour attendre de la part de l'Europe ne serait-ce qu'une reconnaissance, un quelconque appui. Comment les peuples colonisateurs pouvaient-ils en effet s'intéresser au sort de futurs colonisés ?

Il y avait de la rage à réaliser là sa propre naïveté. À l'instar naguère de cette foi aveugle en une nation russe plus préoccupée de protéger ses lignes de chemin de fer en Mandchourie que de sauver la Corée d'un imminent protectorat japonais !

Il avança une jambe.

Puis regardant cette fois bien en face l'ancien député radical de l'Ariège, ex-ministre des Colonies, écrasa froidement le cafard sous son talon.

L'œil du chancelier allemand.

L'uniforme japonais.

Tout l'espoir d'un peuple de futurs colonisés.

Et par là même, le tremblant idéal d'un lettré coupé de la réalité.

*

* *

– Normal, s'excite Todorov tandis que les deux hommes s'écartent du cordon de protection qui ceinture l'Hôtel Bristol où le président Loubet est venu rendre visite à Edouard VII... Devant la menace germanique au Maroc, et privée hélas du soutien de la Russie, la France a tout intérêt à caresser l'Angleterre dans le sens du poil. C'est sa seule carte à jouer dans l'espoir d'isoler l'Allemagne à la conférence d'Algésiras. On comprendrait à moins que ce cher Delcassé ne montre plus grand enthousiasme à tirer les moustaches du British dans son flirt avec les Japonais, en lui fourrant sous le nez la question délicate de la Corée !

Étrange ! Tout en marchant vers la Concorde, Il-Hwan resserra les liens de sa cape. Il n'avait donc vécu que d'illusions, et voilà que la confirmation de ce qu'il redoutait depuis un moment, en tombant comme un couperet de la bouche de Todorov, ne provoquait en lui pas plus de douleur qu'une petite amputation. Voire, n'était-ce pas atroce à dire, un peu de soulagement face à la responsabilité que venait à sa place d'endosser le destin.

Le vent déposait par bourrasques feuilles et fétus à l'entrée du pont, tandis qu'au beau milieu de cet air saturé de pollen, une vague odeur de vase venait taquiner de temps à autre l'acre senteur des marronniers en fleur.

Son regard se perdit au-delà des coupoles du Grand Palais, se faufilant entre les barges chargées de sable et les péniches qui remontaient la Seine dans une coulée de miel. Envie de se laisser engloutir là, par la lumière du couchant, par ces mauves baroques et tout dégoulinants, cet opéra tragique qui ne faisait que souligner son impuissance et son désespoir.

Si le but officiel de sa mission paraissait fortement compromis, la raison ne réclamait-elle pas qu'il mette bien vite un terme à son séjour à Paris ? Et cette pensée, à sa plus grande perplexité, lui semblait à cet instant plus intolérable encore que cet échec tant redouté.

*

* *

Yu-pok-pok. La pluie tombait sans discontinuer. Roulait sur la verrière de la marquise. Yu-pok-pok... Ça y est, voilà que ça recommençait, Yu-Pok en était sûr, sa grand-mère l'appelait. Comme l'autre mardi, quand portant une pile d'assiettes jusqu'à la salle à manger, il s'était mis à trembler comme une feuille de bambou trempée par la mousson, et que crac-boum-patatras, la belle vaisselle en Limoges s'était brisée au sol en mille éclats. Le jour, fait étrange, où l'on avait appris la mort de ce jeune ouvrier lors de la manifestation des porcelainières de Haviland protestant contre le « droit de cuissage » des contremaîtres ! N'était-ce pas curieux ?

Yu-pok-pok-pok... Ce coup-ci – il tend l'oreille –, c'est comme si elle voulait lui dire de rentrer. Qu'il était temps, que le pays l'attendait... Yu-Pok soupire, pense aux blagues de Gus, aux pommes de terre à l'ail, à la bonne bière, et surtout à la bouche cerise de Pierrette et à ses dents du bonheur. À ses jupons en dentelle qu'elle relève en dansant sur ses bas aux reflets plus doux que le ventre d'une tourterelle... « Encore quelques semaines, Grand-mère, murmure-t-il à la pluie, le petit Georges a besoin de moi. »

Le petit Georges est le neveu de Pierrette. Le petit Georges est malade et personne ne sait de quoi.

– S'il vous plaît, a supplié Pierrette en tordant ses jolis doigts blancs comme le bon lait mousseux de sa vache, vous qui avez des dons...

Et c'est ainsi que Yu-Pok s'était retrouvé dans la soupente à accrocher aux murs suintants des banderoles de tissu découpées dans une vieille robe de chambre sur lesquelles il avait passé des nuits à représenter, histoire de l'amadouer, le terrible esprit de la maladie sous la figure d'un magnifique dignitaire à cheval. Las ! Il avait eu beau multiplier les offrandes, agiter éventails et clochettes, la fièvre n'avait pas pour autant baissé, preuve que cet esprit-là était un dur à cuire, « plus têtu qu'un Breton », comme disait la chanson...

Qu'un Breton ? Yu-Pok dégringola de sa chaise et se rua vers le secrétaire où il rangeait le nécessaire à calligraphier de son maître. Bon sang, mais comment n'y avoir pas songé plus tôt ? Les banderoles, mais oui, les banderoles, bougre de sot, ce n'était pas un bonnet de gaze à ailerons qu'il fallait lui dessiner sur le crâne au dignitaire à cheval, mais bel et bien un chapeau rond !

*

* *

Quand on sortait de Séoul par la grande porte Nord pour s'enfoncer dans les gorges désolées du mont Pou-Kan, entre pics décharnés et ravins tapissés de pins et d'azalées, on prenait d'abord la route impériale, celle qui menait à Moukden et à Pékin, et qu'empruntaient naguère les émissaires chinois apportant le calendrier rituel ou les ambassadeurs coréens escortant fourrures, rouleaux de soie pourpre et céladons rares destinés au tribut annuel du Fils du Ciel.

Moukden était donc à présent tombé entre les mains des Japonais.

Il-Hwan inspira.

Petit, il se souvenait avoir admiré en chemin une porte monumentale du plus pur style chinois, dont son père lui avait expliqué qu'elle s'était toujours élevée là, gravant à jamais contre la transparence du ciel la suzeraineté du Grand Frère protecteur. Sur l'enfant qu'il était, tant de majesté et de grandeur avait eu à peu près autant d'effet que la vision de Jésus apparaissant à Paul sur le chemin de Damas. (Sans doute aussi parce que sa famille, comme toutes les familles importantes au pays de Chosen, se targuait de descendre des Han.) Toujours est-il que l'année où les Japonais avaient suggéré au roi de devenir empereur, ces salopards en avaient profité pour démolir cet encombrant symbole d'allégeance et faire bâtir en place un hideux arc de triomphe destiné (le cynisme avait-il des bornes ?) à célébrer avec les Coréens leur nouvelle indépendance...

Il serra les poings.

Ce matin encore, *Le Petit Parisien* ne singeait-il pas la situation en Extrême-Orient à travers la caricature d'un ring au centre duquel un Cosaque titubant sur la Mandchourie se faisait mettre KO par un nain nippon sautant à pieds joints sur la Corée, tandis que l'Europe représentée par quelques spectateurs en costumes nationaux suivaient le match d'un air distrait ? En résumant si parfaitement la déconvenue qu'il venait d'essuyer avec Delcassé, l'expression de leur désœuvrement aurait dû le mettre en rage. Et pourtant, se tordant le cou derrière une lucarne pour ne pas perdre une miette du spectacle, c'était bien plutôt l'évocation on ne peut plus grotesque du Chinois exclu de la danse qui le désolait. Que les temps avaient changé !

De mauvaise humeur, Il-Hwan entreprit d'éplucher son courrier.

Depuis quelques mois, le ton même employé par la presse ne s'était-il pas transformé à l'égard des Japonais ? De l'esthétisme de pacotille qui ornait les boîtes de chocolats de dames en kimono se cachant derrière leur éventail, on était subitement passé, au fil des victoires remportées, à une image franchement agressive, celle d'un Japon moderne et guerrier qui surprenait par l'efficacité de son armement et de son organisation. Au point que l'on recommençait à parler de « péril jaune ». Ha ! Ha ! Fallait-il en ricaner ou s'en lamenter ? Voilà qu'aujourd'hui même, les Chinois venaient de se faire ravir l'expression née de la révolte des Boxers par ce dernier qui avait pris le relais !

Il-Hwan grimaça tout en ouvrant machinalement la grosse enveloppe qu'il tenait à la main. Il en sortit une ravissante estampe roulée dans un étui. La peinture, qui était coréenne et datait du milieu de la dynastie Yi, représentait deux souris jouant au pied d'une montagne derrière laquelle (le message n'était-il pas symbolique !) se levait un soleil des plus radieux.

Le cœur battant, il retourna la carte jointe. Deux mots y étaient tracés, cette fois en français, suivis de la signature de « l'ami » démasqué. Qui diable était donc le COMTE FUKUSAWA ?

Le sang cognant à ses tempes, il répéta bêtement « SANS RANCUNE ? » avec une curieuse sensation de soulagement, comme si le seul fait d'être à nouveau harcelé donnait encore à l'émissaire bafoué une vague, très vague conscience d'exister.

Il se carra dans la méridienne et renversa sa nuque contre le haut dossier, le regard perdu dans un champ de blé émaillé de coquelicots.

Oui, qui était donc le comte Fukusawa ?

Au fond, quelle importance. Sans doute un type comme lui qui servait son pays du mieux qu'il pouvait et dont il n'entendrait plus parler maintenant que sa mission avait échoué !

*

* *

Mata Hari était encore sur scène, petit tanagra flou et ondulant se consumant dans la fumée des papiers d'Arménie, qu'Éléna avait dit : « Mon mari est rentré. Désormais, nous ne nous verrons que les après-midi. »

Ce qui voulait dire passer de l'amour secret à l'amour en secret. Du songe au mensonge.

À moins que ces deux mots ne signifient la même chose.

Car jamais jusqu'à présent Éléna n'avait ressenti le moindre remords, si ce n'est celui d'abandonner Il-Hwan pour retrouver Charles-Louis.

Pourtant, elle n'était pas sans avoir remarqué la mélancolie d'Il-Hwan qu'elle préférait, non sans délicatesse, mettre sur le compte des difficultés politiques rencontrées.

– Les sens sont impolis, lui dit-elle un jour, déroutée par ses silences. Ils sont si pressés de s'entendre que leur hâte à se retrouver nous empêcherait presque de converser.

– Le temps..., murmura Il-Hwan.

– Le temps ? Oh je sais, soupira-t-elle en refixant rapidement sa chevelure, et croyez-moi, j'en suis désolée, Il-Hwan-Si.

– Non, ce n'est pas du même dont je parle, répliqua doucement Il-Hwan.

Il l'attira contre lui et entreprit, malgré ses protestations, de retirer une à une les épingles qui retenaient son chignon.

– Je pense à mon pays, lâcha-t-il au bout d'un moment.

Ce n'était pas faux. En réalité, il pensait à la nostalgie qu'il éprouverait, une fois retourné là-bas, en pensant à Éléna.

Éléna qu'il imaginait, aussi curieux que cela puisse paraître, aussi bien sur la plage d'Étretat que dans une ruelle de Pusan. Du moment qu'elle fût à ses côtés, et qu'il pût sentir la pression de sa main dans la sienne. Du moment qu'il puisse entendre son rire contagieux chatouiller l'ombre des persiennes.

Ce soir-là, Éléna rentra tard.

Goguenard, Charles-Louis, vautré sur le divan dans une robe de chambre chamarrée, l'attendait.

– Où étais-tu ?

– À l'atelier, répondit Éléna évasivement.

– À cette heure-ci ? Te ficherais-tu de moi ou dois-je considérer dorénavant ton comportement comme une désertion du domicile conjugal ?

Tout en retirant sa voilette, Éléna leva un œil clair sur son mari et le toisa tranquillement.

– Ni l'un ni l'autre. Veux-tu vraiment savoir ?

– Si je veux savoir ?

Fou de rage, Charles-Louis se leva, renversant au passage un petit vase Daum où s'étiolait un minuscule bouquet de roses séchées.

– Sans doute me donneras-tu de bonnes nouvelles de ton singe annamite ?

– Et toi, de bien mauvaises de ta jument lorraine !

Éléna avait haussé le ton.

Désarçonné, Charles-Louis se rassit en titubant comme s'il avait perdu l'équilibre. Peut-être même avait-il bu, à voir ses yeux injectés de sang et ses traits avachis. Toujours est-il que vautré sur son canapé, mollets flapis et plumes rabattues, il n'était pas sans ressembler à un vieux paon fatigué, ce qui, soudainement, accrut son mépris.

Sans un mot, elle se dirigea vers la porte de sa chambre, puis brusquement se retourna.

– Après tout, si tu n'es pas content, demande donc le divorce.

Il y eut un long silence, tandis qu'autour de Charles-Louis, lampes, poufs et méridiennes se mettaient à valser sous la frise italienne, comme si tout son petit monde drapé de son beau velours d'Utrecht piqué d'œillets bleu gris se dérobait sous lui.

– Mais ne sois pas si certain d'obtenir l'avantage, poursuivit Éléna d'une voix blanche. En montrant au tout-Paris son œil au beurre noir, il faut croire que la belle Irène ne t'a pas fait de cadeau. Et quand bien même... (elle redressa le buste), je n'ai jamais eu peur de la solitude, sache-le. Mieux vaut encore une vie privée de tout confort matériel que ce monde d'hypocrisie et de vaines conventions !

La portière claqua en faisant vibrer les bibelots.

Charles-Louis resta un long moment prostré, ramassé sur lui-même.

Une mouche vint taquiner son mollet dont la cambrure avantageuse faisait tourner il n'y a pas si longtemps la tête de ces dames.

Si Éléna s'était retournée, elle aurait vu qu'il pleurait.

Envie de griffer les murs. D'arracher ces tentures, ce motif oriental dont les arabesques tarabiscotées la narguaient, et puis ces rideaux, cache-misère d'autant de petites vies transpirantes de rancœurs, de mensonges et de non-dits. Ces rideaux qui lui masquaient le ciel, ce ciel dont elle aurait voulu boire certains jours le cristal et la transparence jusqu'à la lie.

Elle étouffait.

Ce n'est qu'après avoir jeté ses vêtements sur le guéridon japonais qu'elle aperçut, déposée par la bonne à son attention, une enveloppe bleue qui ne mentionnait que son nom.

Quand les souris dansent dans le frais Matin Calme
Attention au coq qui frappe les femmes !

Perplexe, elle retourna la carte. Ce mot, sans signature, c'était ridicule. Que cherchait-on? À l'affoler? Comme si le fait qu'on eût vent de sa liaison avec Il-Hwan fût de nature à la troubler! Elle qui aurait voulu crier sur tous les toits qu'elle l'aimait!

*

* *

Le médecin, repassé dans l'après-midi, n'avait pas été encourageant. En dépit des médicaments, des prières de Pierrette et des offrandes répétées, l'état du petit Georges avait brusquement empiré. Aussi Il-Hwan s'était-il vu supplié par son domestique de lui laisser passer la nuit à son chevet.

Le regard rivé au mur dont ses effigies masquaient tant bien que mal la nudité, Yu-Pok réfléchissait. Qu'avait-il pu négliger?

Tenir cette main brûlante lui retournait la gorge. Il ferma les yeux, se refusant à entendre les reniflements de Pierrette qui s'affairait à tordre un linge mouillé au-dessus de la cuvette. C'est alors qu'il vit en songe l'âme du malade cherchant maladroitement à s'échapper du toit et qu'il entendit sa grand-mère lui crier : « Lance-lui la balle ! »

– Quelle balle ?

– Ta balle.

Surgit à cet instant d'un chou une grosse balle en chiffon rouge, toute maculée et mordillée par le temps, qu'il reconnut parfaitement : n'avait-il pas enterré son enfance le jour où il avait caché cette dernière dans la boue et les herbes du marais, en apprenant qu'il entrait au service de la famille du gouverneur ?

– Tiens, attrape, hurla-t-il à l'adresse du petit Georges, en la faisant tournoyer dans le ciel comme une tranche de soleil... Et puis d'abord, où vas-tu donc comme ça ?

– Je veux revoir la mer !

– Pauvre enfant, murmura-t-il tout haut, bien sûr que tu la reverras, la mer...

Tout à coup, visage giflé par les embruns, il se vit courir sur un bout de lande hérissé de roches noires battu par la bruine et les vents, un coin de terre aride à la végétation rase, tout fleuri d'ajoncs, de maigres touffes de genêts et d'orchidées sauvages. Étrange comme ce paysage lui rappelait le nord de Chae-Ju, l'île natale de sa grand-mère, avec ses murets de basalte et son herbe drue qui se faisait encore brouter par les poneys laissés cinq siècles auparavant par Gengis Khan. Encore que de petits champs de seigle semblaient dans sa vision remplacer ses pauvres rizières, et le granit, la lave crachée par les volcans éteints. Il n'empêche. Le sang cognant aux tempes, il se mit soudain à courir vers un rocher dressé comme un drôle de phallus au milieu des terres. Harubang ! Harubang ! N'était-ce pas la même pierre sacrée que celle plantée derrière le jardin de sa grand-mère ? Ému jusqu'aux larmes, il se mit à embrasser le menhir de ses bras écartés, à caresser du front le sourire de pierre. Non, c'était impossible, Harubang ne pouvait laisser faire ça,

Harubang devait aider le petit Georges à revoir la mer... !

Il avait crié. Affolée, Pierrette, restée debout au fond de la pièce, en avait lâché la cuvette.

Hébété, il ouvrit les yeux. Les lèvres de l'enfant avaient bougé.

Au petit matin, par un hasard des plus miraculeux, la fièvre était tombée.

Le parfum d'Éléna. Ses fous rires soyeux, sa démarche d'angora.

Et puis l'éclat de ses yeux : deux myosotis qui rient ce matin au-dessus d'une gerbe de lys.

Un geste qu'elle renouvelle souvent ces derniers temps, « parce que privée d'une présence féminine, cette maison ne voit jamais de fleurs ». Vite, ces pauvres mignonnes, les faire tremper dans un vase. Yu-Pok lui a déniché une sorte de potiche chinoise, « une de ces *japo-niaiseries* », comme elle les appelle, ou encore « l'un de nos petits miroirs d'Orient », tant il est vrai que cette mode orientaliste tourne au fétichisme.

– N'est-il pas curieux de constater à quel point notre Occident s'obstine à rechercher son identité à travers votre passé ? fit-elle un jour remarquer à Il-Hwan. Quand vous-même n'espérez trouver un salut que dans notre progrès !

– N'est-il pas curieux de constater à quel point seul l'ancien chez vous a de la valeur ? avait repris Il-Hwan aussi sentencieusement, quand chez nous, il ne devient intéressant que neuf.

Éléna avait ouvert des yeux énormes.

– Comment ça ?

- En prisant la copie plus que le modèle !

– Mais c'est du plus pur mauvais goût !

– Ne nous comprendrons-nous donc jamais ! avait soupiré Il-Hwan, vexé.

Parfois il est vrai, l'impatience lui montait au nez. Mais cette impuissance à convaincre était vite balayée. Il y avait dans le constat de leurs différences quelque chose de revigorant qui l'empêchait d'oublier la Corée.

– Au fait, avait alors lancé Éléna avec ce don qu'elle avait pour désamorcer leurs petites chamailleries, j'ai parlé à l'assistante du docteur Hément qui poursuit ses recherches sur le rêve auprès des sourds-muets. Ne serait-il pas utile que vous le rencontriez au sujet de votre protégé ?

Son agacement retombé, Il-Hwan avait dévisagé Éléna avec stupeur.

Comment s'était-elle souvenue du jeune Yi-Shun, le fils du jardinier ?

– Mes visions ont quelque peu changé, avait-il conclu en souriant. Aussi ne tolérerai-je désormais aucune copie vous concernant.

*

* *

Ce jour-là, c'était au tour d'Éléna de se montrer silencieuse. Ce qu'ils appelaient dans leur langage « *éplucher-la-lune-pour-mieux-recracher-les-pépins-du-soleil* ». Mais Il-Hwan avait beau s'escrimer, ni les péripéties de sa soirée à l'Opéra – interrompue par une coupure de courant orchestrée par le tout-puissant Syndicat –, ni sa visite à Charles Péguy qui savait prendre la défense des peuples opprimés dans ses *Cahiers de la quinzaine*, ne semblaient décidément la dérider. En revanche, son sourcil se leva quand ce dernier se mit en devoir de lui raconter un de ces thés rue de Fleurus organisé par Gertrude Stein dont les écrits s'inspiraient volontiers des œuvres de ses amis peintres dont un jeune inconnu du nom de Picasso.

– Une drôle de femme, commenta Il-Hwan. Rayonnante, puissante, et heu... comment dire ? vraiment masculine. N'est-ce pas intéressant ? Toutes ces femmes qui cherchent à s'affranchir à travers l'écriture ! À propos, il y a bien longtemps que je ne vous ai vue user de votre appareil photographique ?

– Sans doute existe-t-il d'autres façons d'épingler l'instant, répondit Éléna laconiquement.

Il-Hwan lui apprit alors qu'il avait croisé le descendant de Hendrik Hamel, le premier Européen à poser un pied en Corée au XVIIe siècle, suite au naufrage qui l'empêcha d'atteindre le comptoir de Nagasaki, naguère hollandais.

– Ses hommes et lui-même échouèrent sur l'île de Chae-Ju, expliqua Il-Hwan en s'évertuant à se montrer le plus divertissant possible. Savez-vous que sur cette île étrange, royaume des pêcheuses de perles depuis des générations, seules travaillent les femmes...

– Que font donc les hommes ? s'enquit Éléna soudain intéressée.

– Boire et dormir, je suppose, plaisanta Il-Hwan. Et s'occuper du culte des Ancêtres dont ils ont seuls la charge.

Éléna se leva alors du canapé. Agitée.

– Oh, cher Il-Hwan, ne vous moquez pas ! Si vous saviez comme l'inaction me pèse. Je parle de mon inutilité face à la société. Oui, je sais, une femme est faite pour faire des enfants, allez-vous me dire, s'occuper de son mari et de son intérieur. Eh bien, non merci, pas pour moi !

Son visage était si rouge qu'Il-Hwan, amusé, ne put s'empêcher de rire. Dans sa détresse, Éléna se radoucit :

– Voyez comme vous êtes tous. Vous ne nous prenez pas au sérieux, notre révolte vous amuse !

Elle se coula dans une bergère et ferma les yeux.

– Je rêve parfois de devenir une de vos plongeuses et de ramener un jour ne serait-ce qu'une perle. Une toute petite perle qui puisse être utile à l'humanité. Évidemment, n'est pas Marie Curie qui veut. Mais comprenez, Il-Hwan, si je m'ouvre à vous, un peu puérilement peut-être, c'est que vous êtes bien le seul, même si votre avis diffère sur le sujet, à saisir intimement le fond de ma pensée ? Il-Hwan ?...

Troublé, Il-Hwan s'est rapproché.

– ... J'ai pris ma décision. Quand vous serez parti, j'aimerais...

Sa phrase resta en suspens. Se dirigeant vers la fenêtre, Il-Hwan resta un instant de dos sans bouger.

« Homme, femme, quelle importance... Face à l'existence, qui ne partage pas ce même sentiment d'impuissance ? l'entendit-elle murmurer. Parfois, je songe à cette petite perle que j'ai cru pouvoir rapporter en Corée. Je me rends compte à présent à quel point mon ambition ne servait que son délire de puissance. Maintenant que ne subsistent que la douleur et la honte d'avoir presque échoué. »

Dans un enchaînement pour le moins théâtral, surgit à cet instant un Yu-Pok hagard revêtu d'un splendide costume de paysan breton.

– Qu'est-ce ? tonna Il-Hwan. Le carnaval ?

– Tsu-Tsu-Tsushima, Maître ! haleta ce dernier en se prenant les pieds dans le tapis.

– À tes souhaits ! Malheureux, non seulement tu me ridiculises mais, en plus, te voilà enrhumé...

– Non pas, non pas, bredouille Yu-Pok en s'inclinant devant Éléna, je vous parle de la bataille de Tsu-Tsu-Tsushima. Perdue. La flotte russe, kaput. (Geste radical de la main.) Fichue, terminée. Seigneur, que va-t-il advenir de ma pauvre Corée !

*

* *

D'un moulinet de sa canne, Todorov fit valser une crotte de chien, adressa une grimace à l'horrible caniche toiletté qui rechignait à suivre sa mémère, puis traça le mot « C.H.A.O.S » sur le gravier de l'allée en quelques lettres éphémères.

C'était à mourir de rire, les Russes qui envoyaient, dernier recours, leur flotte de la Baltique anéantir les rikiki japonais, et pffffffuittt, obligés de faire le tour de la grande Afrique because canal de Suez blockado par les Anglais. On connaissait la suite, à peine arrivés, fourbus après une si longue route, voilà notre belle flotte crashée en miettes par la marine jap à Tsushima ! Et pendant ce temps-là, petits, petits, bolcheviks, mencheviks, tenez, tenez vos délicieux congrès, multipliez grèves ouvrières, révoltes paysannes, mutineries de toutes sortes, que cette vieille obèse, obsolète Mère Russie explose, fichtre sang, de toute la puanteur de ses intestins pourris !

Il jubilait.

Les abords du Champ-de-Mars pullulaient. Une foule de plus en plus nombreuse se pressait derrière les barrières de sécurité dans le vain espoir de voir passer le roi d'Espagne en compagnie du président Loubet. « Ce tuyau de poêle, marmonna-t-il en serrant le poing, quand on pense que le coup de canne destiné à lui fendre le crâne à l'hippodrome d'Auteuil fut par malchance amorti par son haut-de-forme ! » Une clameur s'éleva soudain au milieu des vivats : « Les voilà, ils arrivent, Vive l'Espagne, Vive le Président », suivie quelques minutes plus tard d'une gigantesque déflagration. Affolement. La pagaille du petit peuple se dispersant telles fourmis jetées sur une poêle. Une petite bombe maison aurait-elle eu raison des deux compères ? Comme ça. Cui-cui, Alfred lorgnant sur les croupes dodues des belles Parisiennes, tandis que Mimile, sujet aux aigreurs d'estomac, écrase son petit rot postprandial en savourant l'enivrant bain de foule dans le confort de sa belle De Dion-Bouton, et BOUM. Finito. Et dire que les p'tits zozillots chantaient deux secondes auparavant ! N'était-ce pas indeed navrant...

« Loupé », entendit-il alors non loin, tandis que la poussière soulevée par une cavalcade effrénée le fait toussoter.

– Vous les avez vus ?

Claquement de bottes. Ruade de la maréchaussée à la poursuite des fuyards. Dix capes qui volettent en cadence, le képi de traviole et le bâton blanc brandi, réjouissante armée de navets.

– Où sont-ils passés ?

Haussement d'épaules du Russe. Qu'est-ce qu'il en sait ?

Tout en poursuivant son chemin, silhouette digne et noire, il se demande alors ce que peut valoir un président dont la seule préoccupation est d'interdire à sa Garde nationale de se couper la moustache. Symbole furieusement viril, à n'en pas douter.

*

* *

Il-Hwan fixait la rosace de Notre-Dame sans la voir. À moins que ce ne fût la rosace qui le fixait. Comme l'œil de la conscience. Flamboyant.

Pourquoi ne ressent-il rien ? Au Japon, perdre la face devant son Empereur aurait signifié se faire *seppuku* sans plus tarder afin de laver l'honneur perdu de sa famille et de son pays en se poignardant le ventre. Un long coup sec décoché avec ferveur et dévotion, tandis que le monde, basculant tout autour, reprendrait comme par magie vie et couleurs. Une forme de suicide qui n'existait pas encore en Corée (sourire amer) mais dont l'esthétique symbolique le séduisait.

Deux choses l'en empêchent : son naturel à ne jamais s'estimer vaincu. Il avait remué ciel et terre, secoué la poussière des tapis des chancelleries et tiré aux sonnettes des ministères, dénoncé l'injustice faite à la Corée face aux journalistes et aux personnalités les plus en vue qui savaient étriller les salons de leurs postillons. Eh bien, il allait continuer sans relâche, dans l'espoir même vain de dessiller l'opinion.

Et puis bien sûr, il y avait Éléna. Éléna pour l'amour de laquelle il se serait volontiers imaginé dans une autre vie. Absent, il fit quelques pas. La majesté du lieu l'impressionna. Jamais n'avait-il autant ressenti le poids de sa solitude. Il balaya du regard toute cette démesure glacée, voûtes, pilastres, chapiteaux, dentelles de pierre froide au milieu desquels, petites flammes vacillantes luttant contre l'obscurité, quelques vieilles en deuil déambulaient dans les courants d'air des allées. Odeur d'encens et de moisi. Pourquoi les églises ici puaient-elles la mort ? Bah, la mort n'était-elle pas en elle-même une sorte de renaissance ? Brusquement, la tentation de disparaître à tout jamais pour mieux renaître sous une autre identité l'effleura. Tout serait si simple. Il imagina le deuil des siens. Se dit qu'en Chine on remarierait sa femme à son frère. Se sentirait-il jaloux ? Non. Cette constatation, au contraire, a quelque chose d'apaisant. S'interdire en revanche de penser à la jalousie qu'il éprouverait si un autre touchait Éléna...

Il recula derrière un pilier, horrifié de laisser monter en lui pareilles idées. Artifice littéraire, marmonna-t-il comme pour se rassurer. Dans sa dernière œuvre, Pirandello n'en avait-il pas usé ? Il se devait néanmoins d'être franc avec lui-même : à l'instar du pauvre « Mathias Pascal » débarrassé de sa précédente existence par un coup du destin, n'avait-il pas eu lui aussi l'impression de débarquer dans une autre vie depuis qu'il était arrivé à Paris ? Il respira. Loin des conventions et du carcan des traditions, il est vrai qu'on s'affranchissait vite du poids d'une société qui savait si bien broyer les aspirations individuelles. Mieux, pour la première fois de sa vie, ne s'était-il pas découvert « lui-même », capable de respirer, oui, de ne pas toujours agir en fonction de ce que l'étiquette confucéenne attendait de lui ? Et pourtant, la même obsession du « paraître » comme ce souci exaspérant des hiérarchies se retrouvait pleinement ici, si ce n'est que la rigidité avait fait place au règne de l'hypocrisie. Fallait-il alors admettre qu'il ne devait qu'à une femme tout ce changement en lui !

Un bruit de bottes – un militaire en grande tenue se dirigeant d'un pas martial vers la pénombre d'un confessionnal – résonna lugubrement dans la travée.

Il-Hwan frissonna. Se souvint brusquement avoir été un peu surpris – encore une idée préconçue sur l'Europe – quand Éléna lui avait avoué que son père, libre penseur et franc-maçon, était athée. « Quant à moi, avait-elle ajouté plus tard, je crois comme le roi Lear que nous ne valons pas plus que des mouches aux yeux des dieux et qu'ils nous tuent pour s'amuser, à moins qu'ils ne soient exaspérés par notre lâcheté ! »

Lâcheté ! Le mot tourbillonna en lui, incertain, chauve-souris aveugle.

Il sortit.

La lumière l'éblouit. Un vent tiède courait sur le parvis.

Jaillissant vers le ciel, la vue des flèches de Notre-Dame eut le mérite de fouetter son idéal. Lui vint néanmoins à l'esprit que si ses amis coréens se disaient prêts à mourir pour leur patrie, il n'en connaissait aucun à même d'imaginer se supprimer pour une femme. Idée des plus saugrenues qui ne pouvait appartenir à leurs yeux qu'à cette drôle d'Europe et à son esprit chevaleresque déplacé. Mais, tout compte fait, était-il plus louable de se perdre au nom d'un idéal de papier que de se sacrifier pour un être humain ?

Il n'eut pas le temps de se le demander. Non loin, boudiné comme un petit prince dans son costume marin, un de ces horribles mioches poussant son cerceau devant lui tira sa mère par la manche :

– Maman, maman, regarde le monsieur !

La mère se retourna, bouche pincée, et baissa la voix en toisant Il-Hwan du regard.

– Tais-toi, mon chéri, tu ne vois pas que c'est un Japonais ?

Citron vert, pêche, framboise écrasée.

Toilettes aux tons de sorbets déployées dans l'herbe grasse autour d'un déjeuner à la Manet.

– Merveilleuse journée, n'est-ce pas !

L'ombrelle de Geneviève Beaugrain se penche vers celle de sa voisine.

– Et dire que cette pauvre Clara nous reste alitée par un temps pareil... *Enfin, si c'est pour nous faire un beau bébé !* Qu'en pense notre chère Éléna ?

Franchement, Éléna n'en pense rien. Pas plus qu'elle ne pense fauvisme, Riviera ou confection de boudin. Son esprit flotte ailleurs. Sous la voûte des grands arbres, sur les ailes d'une mouche bleue. En tout cas loin des petites vacheries, de la nappe immaculée où s'étiolent les cuisses de poulet, des visages congestionnés de ces messieurs et de leurs gilets déboutonnés sous leur canotier. De ce quelque chose de plus très frais qui rappelle, aurait dit Todorov, « l'haleine d'un chihuahua qui aurait mangé une tête de raie ».

Mieux valait encore se réfugier en enfance et s'attarder sur les robes claires des fillettes du comte Troubetskoï qui jouaient au croquet. Redevenir une dragée rose, oui, une petite bêtise de Cambrai ou l'un de ces berlingots collants aux couleurs de l'arc-en-ciel et se faire raconter par son père l'épopée de Siegfried ou le mythe du dieu Odin...

Souvenirs à la saveur familière. Si ce n'est qu'aujourd'hui leurs brisures d'ailes coupent comme du verre. Pourquoi la mémoire devait-elle seule goûter au bonheur ? Ne pouvait-il se laisser capturer autrement ?

Plop-plop, d'un claquement de lèvres quasi obscène, l'épouse anglaise du conseiller à la Cour des comptes s'évertue non loin à imiter la valse des bouchons.

Éléna s'ébroue.

« Vivre au présent, n'est-ce pas déjà vivre au passé ? » disait Il-Hwan.

Il-Hwan qui l'avait suppliée de ne pas chercher à le voir pendant trois jours. Qui avait prétexté ses migraines. Mais qu'elle n'avait, bien sûr, en rien cru.

La dernière fois, il lui avait demandé, un peu mélancolique, jusqu'où elle serait prête à aller par amour. Elle avait ri, pour ne pas répondre. Un trou à la place du cœur.

Mais Il-Hwan, jouant avec les franges du sofa, s'entêtait à poursuivre son raisonnement.

– Alors, je ne te perdrai jamais.

Elle l'avait dévisagé, incrédule.

– Pourquoi ?

– Parce que tu n'es pas de ces êtres qui acceptent de se perdre dans l'autre.

– Aurais-tu lu trop de romans français ?

La conversation s'en était tenue là, ou presque. Sans doute même Il-Hwan s'était-il froissé. Le fait est qu'elle s'était toujours refusée à consulter la carte de son cœur. À quoi bon. Les jeunes filles, pourtant, n'étaient-elles pas élevées dans cette tendre image d'Épinal ? Celle de l'épouse docile, prête – ô combien – à se « perdre » au gré des caprices et des désirs d'un Charles-Louis... En attendant – son regard suit la libellule qui s'est posée sur la voilette de la veuve X, hurlements, hystérie *« mon dieu, une chauve-souris ! »* – ... en attendant, elle n'avait certainement pas été juste à l'égard d'Il-Hwan, ni honnête face au sentiment pur qui les liait.

– Serai-je capable de suivre un homme jusqu'au bout du monde ? Oui, avait-elle alors répondu par pure provocation comme il la quittait, à la seule condition qu'il ne me le demande jamais !

Enfantillages. Pouvait-on bâtir une amitié sur un excès de fierté ? Pour la première fois de sa vie, elle se demanda brusquement si elle n'avait pas péché par manque d'assurance. Qui sait, lorsque cet amour serait fini, si le monde autour d'elle n'allait pas s'effondrer ?...

Elle répéta « fini », « fini », avec tant d'insistance que les visages, se détournant de la libellule dont Geneviève Beaugrain avait tenu à arracher les ailes *« pour punir la vilaine »*, pivotèrent à l'unisson dans sa direction.

Il-Hwan doit partir, continua-t-elle comme pour elle-même, Il-Hwan doit partir. Jamais auparavant, l'évidence n'avait frappé sa conscience avec autant de violence. Qu'ils le veuillent ou non, oui, le rêve appartiendrait bientôt au passé. Dans quelques semaines, Il-Hwan aurait disparu, et elle resterait ou non aux côtés de Charles-Louis. Ce qui n'avait plus d'importance. Ce qui en avait, en revanche, c'est que l'homme qu'elle aimait devait retrouver sa femme et son pays. Parce que c'était ainsi. Et qu'il doutait, elle le sentait. Aussi clairement que l'ombre frissonnait sous la voûte des grands arbres, là-bas, lumineuse et bruissante cathédrale végétale... Comment ne pas avoir deviné la signification des trois jours de répit qu'il lui avait presque arrachés ? Il-Hwan se débattait avec sa conscience, c'était certain. Il-Hwan avait besoin de son aide. Qu'il devait maudire la femme blanche qui avait tourneboulé sa raison en lui faisant rencontrer la passion !

– Vous étiez-vous assoupie, ma chérie ?

Et les mantes religieuses de renchérir en chœur, avec leurs bouches acides aux couleurs de fruits empoisonnés.

– Un mauvais rêve peut-être ?

– Un mauvais rêve, sûrement..., répond Éléna, les yeux dans le vague.

Bouches de poissons prêtes à happer la mouche. Furieusement, goulûment.

– ... L'hiver a toujours été jaloux des fleurs, lâcha-t-elle évasivement, je le sais maintenant.

*

* *

Écartant la proposition d'une balade au Luna Park où l'on pouvait se jeter en barque d'une cascade de vingt-cinq mètres entre labyrinthe à trappes et passerelles ondulatoires, Éléna avait préféré se faire emmener au cinématographe des Gobelins où se jouait – pur hasard – « un roman d'amour vécu » en sept tableaux.

La salle était bondée, et les sièges au velours râpé dégageaient une odeur d'orange ammoniaquée et de gant de toilette mal lavé.

Dans l'obscurité, Il-Hwan observait Éléna de profil. Visage tendu en avant, excitée comme une enfant, cette dernière semblait boire l'écran. Aurait-il le courage de lui annoncer son départ ? Cette petite phrase redoutée que tous deux pourtant attendaient, ces quelques mots qui auraient le pouvoir de remettre la pendule au Temps Réel, tout en en restaurant brutalement l'éclairage cru, pour ne pas dire cruel.

Comment Éléna pouvait-elle se concentrer sur ces images ineptes qui ne faisaient, qui plus est, que ridiculiser leur romance ?

La séance terminée, ils se retrouvèrent sur le boulevard, légèrement hagards. La foule s'ébrouait, indolente et laide. Troupeau indécis, visages crayeux. Dans cette artère du plaisir où les cafés regorgeaient de monde jusque sur les trottoirs, on flânait, désœuvré, en traînant des pieds comme si on vous tirait vers l'abattoir.

– Changeons de quartier, supplia Éléna.

Il y avait quelque chose de cassé et comme un peu de panique dans sa voix.

Il-Hwan héla alors un fiacre et prit son bras.

Ils errèrent longtemps sans but du côté du Quartier latin, obliquant vers la Seine dont ils longèrent les quais. Comme ils auraient pu tout aussi bien rentrer rue de Navarin, ce que pourtant aucun des deux, pour une fois, ne semblait désirer, chacun se taisant, appréciant chez l'autre cette faculté à ne pas rompre la rondeur du silence qui s'accordait comme dans les romans à la mélancolie du soir qui tombait.

Au loin, rive droite, on pouvait apercevoir la place du Châtelet où ils avaient été – hier ? avant-hier ? – applaudir les fous rires de la Sarah Bernhardt face à une Marguerite Moreno hilare. Tant de lieux, tant d'instants, déjà prisonniers de leur mémoire.

Empreintes d'oiseaux sur le givre, songea Il-Hwan.

Reflets de lune mourants...

« Non, non, vivants », semblait crier Éléna.

– Regardez les souvenirs, comme ils gigotent. De vrais têtards ! lâcha-t-elle soudain. Et vous voudriez appeler cela une chose morte !

Il-Hwan soupira.

Quand le premier réverbère s'alluma, Éléna, abandonnant le bras d'Il-Hwan, se retourna :

– Je crains que nous n'ayons plus beaucoup d'occasions de nous revoir. J'ai décidé d'accompagner Charles-Louis au Dahomey.

– Pour longtemps ? s'enquit Il-Hwan, désarçonné.

Éléna respira légèrement tout en fixant l'eau dont on entendait le clapotis mou danser contre les piles noires.

– Un an, deux ans peut-être (elle fit la moue), cela dépend de l'ampleur de l'ouvrage, des difficultés rencontrées, de la coopération de la population, enfin, vous imaginez...

Non, Il-Hwan refusait d'imaginer. Parce qu'à cet instant précis, sans savoir pourquoi, il était sûr qu'elle mentait. Qu'elle prenait les devants pour lui éviter cette peine et chasser la tourmente qui lui tordait l'estomac depuis des semaines. Mais aussi – à présent il la connaissait – dans l'espoir, par ce simulacre, de retourner la situation afin de ne pas être celle qu'on abandonnait.

Il s'accouda au parapet, regard vague, perdu dans une immensité dont il était seul à connaître l'étendue désolée, bosses, buissons, aspérités.

– On dit qu'il y a fort longtemps un ministre abusa de sa fille sous le prétexte qu'elle était sa fleur à lui, son plus beau fruit, murmura-t-il alors d'une voix étranglée. Cette dernière se suicida, et la plus grande des sécheresses ne tarda pas à s'abattre sur le pays déclenchant famine et misère malgré les sacrifices répétés. Toutefois, l'étonnement du roi fut grand lorsque, conviant ses fonctionnaires à délibérer sur le sujet, il vit arriver son ministre affublé d'un chapeau couvert de rosée malgré le soleil qui dardait. Pressé d'avouer son forfait, le coupable fut alors condamné à être coupé en morceaux et à avoir son effigie accrochée aux quatre coins du royaume chaque fois que deux routes se croiseraient. Pour indiquer sans doute à chacun le bon chemin à prendre... (Il-Hwan eut un petit rire amer), mais aussi (il ravala sa salive) pour rappeler qu'en Corée la faute d'un seul homme restera toujours l'affaire d'un pays tout entier !

Le visage d'Éléna se rembrunit. Son doigt dessina une spirale sur la pierre froide.

– Pourquoi raconter ça ?

– Parce que la vie est triste, n'est-ce pas !

Le carillon d'une église se mit à tinter dans le lointain. Il-Hwan se détacha du parapet.

– ... Le sage a dit : Il y a ceux qui sont faits pour se rencontrer sur terre et les autres au-delà des étoiles. Puisse-t-il dire vrai.

Lumière du matin. Blanche, étale.

Rigolade des angelots en plâtre devant la mine affairée de Yu-Pok tandis qu'un semblant de brise soulève le tulle brodé des rideaux.

Ne pas réveiller le maître. Dresser le couvert dans la salle à manger d'été.

Saveur croquante du navet. Ses pétales rosés baignant dans leur jus frais. Idéal pour accompagner les fines tranches de bœuf du *pul-go-ki,* exceptionnellement agrémentées de tendres pignes achetées à prix d'or à une Provençale en costume arborant la moustache de Mistral. En bref, mettre les petits plats dans les grands, puis attendre, des fourmis plein la glotte, et prier. Prier pour que ce matin, le maître soit d'humeur égale.

Yu-Pok saisit l'oiseau dans sa cage, releva le bas de sa robe et sortit.

Il-Hwan ouvrit les yeux comme un rayon de soleil lui chatouillait les poils du nez. Comment diable son domestique avait-il pu oublier de le réveiller avec « sa » tasse de thé ? Cette bonne tasse de thé noir et brûlant, rituel devenu indispensable au bon déroulement de son lever.

Il attaqua néanmoins avec appétit la petite collation préparée « comme s'il était déjà de retour en Corée », et se sentit soudain las, vidé. Comme cette pièce qu'aucun son n'habitait. Au fait, où était donc passé l'oiseau ?

Il se leva, agité, quand il aperçut par l'une des fenêtres Yu-Pok qui prenait le frais, assis sur le rebord du bassin en compagnie de la cage en osier.

Évaluer les dispositions du maître quant à la rigidité du port plus qu'à l'arc froncé du sourcil – que pouvait provoquer n'importe quelle luminosité. Oui, oui, oui.

À l'instant même où les pensées de Yu-Pok prenaient pareille tournure, la porte-fenêtre donnant sur le jardin s'ouvrit. Le domestique se raidit.

Le maître, curieusement, avait l'air abattu. Tremblant d'appréhension, Yu-Pok le regarda s'avancer en clignant légèrement des yeux et nota non sans apitoiement que ce dernier traînait presque des pieds !

C'est alors qu'Il-Hwan, se laissant tomber sur la pierre, vint contre toute attente s'asseoir à ses côtés, ce qui eut pour effet de faire lever Yu-Pok comme si une armée de scorpions lui attaquait le fondement.

–Je te cherchais...

Il-Hwan fixa un instant les nénuphars et les lentilles d'eau qui se figeaient à la surface de l'eau.

–... Je souhaiterais que tu prennes les dispositions nécessaires afin d'organiser notre retour. Celui-ci devra s'effectuer au plus vite, mais cette fois par voie de mer depuis Marseille, les événements en Russie nous empêchant, je le crains, d'utiliser leur si divertissant Transsibérien.

Devant le silence de Yu-Pok, il ajouta :

– C'est triste à dire, vois-tu, mais je crois que ma présence ici n'est plus d'aucune utilité. (Soupir.) Il faut croire que les dés étaient pipés dès le départ et que je n'ai fait que secouer mes illusions dans un gobelet.

Et devant la mine catastrophée de son domestique :

– Ne te fais pas de soucis, va. Grâce à toi au moins, le faubourg Montmartre et la Goutte d'or auront connu l'existence de Cho Sen !

– Hélas, ce n'est pas ce qui me chagrine, Maître, c'est plutôt que...

Intimidé, Yu-Pok se balance d'un pied sur l'autre comme une grosse lanterne du nouvel an. Un effort. Se concentrer sur les dents du bonheur de la petite Pierrette, sur leur serment et sur ses pleurs, et puis... *des couilles, bon sang*, sauter !

– ...c'est plutôt que votre indigne serviteur souhaiterait se marier. (Voix blanche, perdue au fond de ses souliers.) Et qu'il craint en conséquence ne plus pouvoir retourner avec le Maître en Corée !

Estomaqué, Il-Hwan fronce les sourcils, tandis que sans craindre de mordre la poussière, Yu-Pok plonge à ses pieds.

– ... C'est que, voyez-vous, personne, ni famille ni femme, ne m'attend dans mon pays. Quant au petit bout de terre que vous m'avez toujours promis, à quoi bon y rêver puisqu'il appartiendra bientôt aux Japonais ? (Il soupira bruyamment.) Je sais toutefois qu'en vous demandant de vous passer de mes services, je tente l'impossible et que cet esprit indigne de penser (se frappant le crâne trois fois contre la pierre) est au comble de la plus affreuse des tortures parce que j'aime le Maître qui a toujours été bon pour moi et que je vénère la famille Park avant même ma patrie et, pourtant, j'ai l'humilité de croire que personne n'est indispensable et que vous aurez tôt trouvé, plus vite que le petit funiculaire escaladant la Butte, un serviteur aussi zélé et bien moins bougon pour me remplacer.

– Non. (Implacable, la voix d'Il-Hwan résonne sous la charmille tandis que Yu-Pok, pris de tremblements, aurait voulu s'effondrer sous terre.) Tu te trompes. Je te crois irremplaçable, tu m'en vois désolé.

Le corps de Yu-Pok, mou. De plus en plus affaissé, recroquevillé dans ce simulacre de révérence qui ne rime plus à rien.

– Néanmoins, poursuit Il-Hwan sourdement...

Curieux, cette tristesse infinie qui noie ses pensées, inonde son âme, en même temps qu'une joie étrange, sauvage, l'envahit avec une force peu commune. Une sorte d'euphorie diabolique avec laquelle il a envie de crier à s'en déchirer les poumons, de hurler enfin à Éléna qu'il l'aime, qu'il l'a toujours aimée.

– Néanmoins..., reprend-il. Allons, relève-toi. N'es-tu pas, n'as-tu pas toujours été un homme libre ! Pourquoi craindrais-tu que je ne t'aide à réaliser ton désir ?

Incrédulité de Yu-Pok.

Rigidité d'Il-Hwan plus drapé dans ses rêves que dans sa dignité d'ancien maître.

– Est-elle jolie, au moins ?

Sollicitude du maître. Quelque chose de doux comme une odeur de pain chaud.

– Enfin... (le ton d'Il-Hwan se fait fébrile), il ne faudrait pas trop. Es-tu sûr qu'elle fera une bonne épouse, je veux dire, qu'elle nous fabriquera de beaux enfants ?

Inversement des rôles. De reconnaissance, Yu-Pok en saisirait presque sa main.

Et soudain, affolement. À l'image d'une mère qui voit partir son enfant.

– Mon dieu, mais toi ? As-tu pensé à toi ? Le pays ne te manquera-t-il pas ? Que vas-tu faire ? Devenir ? Loin de nous, loin des tiens ?

– Cultiver la terre, murmure le domestique.

Silence. Lune vague.

Soudain, Il-Hwan rit. Fixe tour à tour la bouche en feu des tulipes, les lianes grimpantes et les rosiers obscènement entrelacés, ouvre la cage et laisse partir l'oiseau.

– Va mon ami. (Son regard se posa brièvement sur Yu-Pok.) Finalement, il semble que je ne saurais jamais te dire assez merci !

Le crâne bourdonnant d'émotions contradictoires, Yu-Pok le regarda s'éloigner. Intrigué.

Franchement, les maîtres étaient des êtres bizarres. Leurs ires se déclenchaient pour un rien, telles des tempêtes déchirant sans crier gare le ciel le plus anodin. Et quand on attendait leur courroux, voilà qu'ils vous remerciaient, larmes aux yeux, en vous présentant un front des plus sereins !

Ne lui semblait-il pas à présent que le sien regagnait sa demeure d'un pas léger et presque aérien ?

*

* *

Yu-Pok faisait partie de ces êtres d'exception qui possédaient la grâce de se faire accepter partout où ils allaient. Ainsi à Pont-L'Abbé où personne n'aurait imaginé voir un pur produit du pays bigouden épouser un habitant d'une de ces lointaines contrées aux yeux plus bridés que fente de volet, mais où on accueillit à bras ouverts celui que sa réputation de guérisseur avait précédé. D'autant que sur les conseils de Pierrette, ce dernier avait su choisir – en premier lieu – de rendre visite au curé.

– Père, je voudrais me faire catholique.

La serviette à carreaux encore nouée autour du cou, le père Le Rouzic, que l'on avait surpris le nez dans son assiette de fromage, regarda le nouveau venu d'un air ahuri.

Le cas était effectivement excitant. Jamais de mémoire d'une si longue cure, l'on n'avait été confronté à un seul petit cas de conversion. Pensez, ici, on naissait et on claquait dans la religion sans se poser de question.

Narines frémissantes, il se mit en devoir d'ausculter l'ouaille offerte avec plus de ravissement que si lui était présentée une oie rôtie des plus dodues ou une eau de prune de trente ans d'âge, et se vit tout à coup propulsé à l'avant d'une embarcation de bambou, tout auréolé de lumière dans sa robe blanche de missionnaire, se frayant passage entre roseaux et plantes aquatiques au milieu d'un marigot infesté de moustiques dont il supportait glorieusement le diabolique assaut, tout pénétré qu'il était des cantiques pleins de ferveur débités en son honneur par de belles indigènes aux seins nus, recroquevillées derrière leurs éventails...

Il se ressaisit, cramoisi, tout en posant du bout des lèvres quelques questions pour la forme.

– Se convertir dans le but du mariage est chose fort louable, mon fils, consentit-il à répondre à Yu-Pok tout en lorgnant le petit ventre rond de Pierrette, mais cela ne représente pas un gage de sincérité suffisant aux yeux de Dieu...

– Père, s'était alors écrié Yu-Pok, vous ne pouvez refuser de convertir celui dont le pays ne doit l'introduction du *sohak* qu'à la seule initiative de ses lettrés et non à la force des canons !

Voilà qui sortait de l'ordinaire. Le père Le Rouzic crut avoir mal entendu. Il fronça les sourcils – qu'il avait fournis et encore charbonneux malgré la neige de ses rares cheveux –, mimique qui, lui conférant une mine de vieux Neptune courroucé assortie à la fourchette qu'il brandissait, eut de quoi faire craindre le pire aux jeunes fiancés.

– Oui, insista Yu-Pok, jouant le tout pour le tout, un groupe de lettrés qui, après avoir consciencieusement étudié les principes de la religion de l'Ouest, a même réclamé au diocèse de Pékin l'envoi de missionnaires. Bien sûr, hum, cela ne fut pas tout à fait au goût de la Cour, et des persécutions, votre futur serviteur bien marri ne va pas nier qu'il y en a eu. Mais enfin, mon père, n'est-ce pas là preuve que la propagation de la religion de votre Christ et de tous ces chrétiens clandestins au pays de Chosen commençait à drôlement inquiéter là-haut... !

– Là-haut ?

– Je veux dire, chez ceux qui nous gouvernaient. Alors (Yu-Pok se prosterna, front contre terre), au nom de tous les martyrs catholiques en Corée et en compensation des trois navires de guerre de l'amiral Cécile que vous avez cru bon de nous envoyer en représailles, accueillez, je vous prie, votre humble serviteur dans la maison de Dieu.

Le bon prêtre agita mollement la main. En réalité, notre homme était trop excité pour écouter. Pour une aubaine, c'était une apothéose ! Un cas inespéré que lui, simple petit curé, ne manquerait pas de brandir sous la grosse verrue poudrée de l'archevêque, histoire de montrer à ces messieurs en bas de soie comment la foi d'un Le Rouzic savait déplacer les montagnes !

*

* *

Il fut donc décidé que Yu-Pok se ferait baptiser en grande pompe le jour même de ses noces. La nouvelle, on s'en doute, ravissant l'évêque, aussitôt prévenu par l'archevêché et bien déterminé à montrer que la Bretagne avait son mot à dire à Rome. Quant au concerné dont la conversion si prompte en étonnait plus d'un, il préférait rétorquer qu'à ses yeux toute religion se valait du moment qu'on le laissât vénérer en paix la mémoire de ses Ancêtres (dont, prévenant, il avait emporté avec lui les tablettes). Et puis, n'avait-il pas agi avec le consentement de sa grand-mère qu'il n'avait pas hésité à convoquer sous un chêne tutélaire ? L'âme des chamans, c'était fou, se transportait partout et la vieille disait hautement apprécier cette terre magique habitée par le vent et les esprits de la mer.

*

* *

Il y eut des flonflons, du biniou, des fleurs en papier, du cidre et du mousseux.

La tête de Yu-Pok tournait : tous ces rubans, ces dentelles et ce velours. Était-ce donc pour lui, le petit domestique de la famille Park, que les filles avaient sorti leur plus beau plastron et leurs trois jupons brodés, et les garçons leur casaque à boutons ? Que les cocardes fleurissaient comme des roses rouges aux oreilles ? Ah, le plus beau jour de sa vie, assurément ! Même s'il ne pouvait s'empêcher de penser à ce que son mariage aurait donné en Corée avec une Pierrette aux yeux bridés et aux narines cachetées. Mais enfin, avec son maître, son bon maître ici présent, un peu de lui-même ne repartirait-il pas bientôt en Corée ?

De son côté, Il-Hwan – en gants beurre frais – assiste au sacre bucolique de celui qui se prénomme désormais Armand selon le rite catholique, se remémorant, un peu mélancolique, la première leçon de français qu'il lui avait donnée. Face à l'horizon brouillé de neige qui se découpait jour après jour derrière la vitre du Transsibérien, maître et domestique pouvaient-ils imaginer pareil dénouement ? Entre tristesse et euphorie, lui-même n'était-il pas convaincu de l'éclatant succès que promettait sa mission ?

Il regarde Éléna du coin de l'œil. Éléna qui se mêle à la danse en riant, invitée par un Gus méconnaissable dans son costume emprunté et ses souliers trop grands. Las, il se sent las et nu. Pire. Étranger. Étranger à la fête, à la foule, à toute cette allégresse. Étranger à la France et même aux Français. Car, aussi triste que cela puisse paraître, voilà, oui, qu'il se sent même étranger à ce pays qu'il aimait, ce pays qu'il avait de toutes ses forces souhaité adopter.

Troublé, il risque à nouveau son regard en direction d'Éléna qui s'est libérée en prétextant une visite dans l'Oise à sa sœur alitée, et se force un instant à ne voir là qu'une inconnue de passage. Exercice d'autant plus risible qu'on ne remarque qu'elle au milieu de tous ces paysans. Sa puérilité l'accable.

Il revoit soudain sa main, fleur pâle posée à plat à côté de la sienne dans l'automobile louée pour l'occasion, tandis qu'elle se tient droite, presque impassible à ses côtés, et qu'il fixe bêtement la nuque rougeaude du chauffeur que Gus, assis à l'avant, entretient sur la dernière course de lévriers. Cette vision le rappelle à une réalité qu'il aurait préféré oublier. Brusquement, il se sent fondre, passant d'une indifférence forcée à un excès de sensiblerie qu'il met au plus vite sur le compte d'un début d'ébriété... Les mariés, eux au moins, rayonnaient.

Tout en laissant mécaniquement son verre se remplir, Il-Hwan se ressaisit, préférant songer – non sans dérision mais avec un certain apaisement – à la seule action effective à laquelle il était parvenu en Europe : celle de pourvoir son ancien serviteur d'un bout de terre comme il se l'était toujours promis.

Un bout de terre bien à lui où il pourrait planter son chou pour faire son *kim-chi*.

Éléna se tourna à demi vers Il-Hwan, inspectant dans la pénombre leurs corps qui se touchaient à peine, à l'exception de ses doigts, inertes, confiants, qui s'étaient glissés dans les siens.

Combien de minutes encore, combien de secondes lui restait-il pour se souvenir du goût du ciel ? De sa chaleur, de ses silences, de ses bras.

Pour imprimer la houle, le vent.

La caresse des mains flairant la peau, des lèvres mordant le sel, et puis le cri, le chant, l'appel des corps mêlant pêle-mêle consonnes et voyelles...

Elle sourit. Un sourire mécanique dont elle savait user quand elle avait mal.

Oui, capturer. Capturer l'essence, le volatile, les couleurs, l'apesanteur... Mais à quoi bon ? Cette étreinte si longue, si puissante, si désespérée n'avait-elle déjà, malgré eux, le goût du passé ?

Ils restèrent un long moment silencieux, attentifs à l'orage qui se rapprochait, chassant de leur ciel cette lumière de Bretagne qui avait en quelque sorte couronné leurs adieux.

La chambre d'Il-Hwan plongea soudain dans l'obscurité. Brusquement, Éléna se leva.

– Partez, murmura-t-elle, oui, partez !

Il-Hwan la regarda sans comprendre.

– Ne comprenez-vous donc pas, insista-t-elle en enfilant ses bas, qu'il vous faut partir, vite, très vite, sans vous retourner, et puis, oui, c'est cela, m'oublier. M'oublier !

Cette fois, elle avait presque crié.

– ... Songez que je suis une femme libre, que j'aurai d'autres amants, que je ne mérite en aucun cas que vos pensées s'attardent sur moi !

Absent, Il-Hwan fixait le vent qui secouait les branches du tilleul.

Sa tête tournait, elle ferma les yeux. Et vit alors très distinctement un couple de canards sauvages prendre son envol et s'élancer au-dessus d'elle en battant vigoureusement des ailes. L'image était si sereine qu'elle s'efforça un instant de régler les battements de son cœur à ce vol majestueux qui semblait défier terre et ciel.

Elle rouvrit les paupières, chercha à tâtons sa voilette, et se redressa. Longue, lumineuse et fière.

– Je ne vous oublierai jamais, murmura-t-elle.

*
* *

Transi par la pluie fine qui ne cesse de tomber, Il-Hwan offre son visage aux gouttes qui redoublent, puis court s'abriter sous une porte cochère. La mousson ne tarderait pas à sévir en Corée. Il contemple la rue grise où aucun fiacre ne passe et finit par se concentrer sur l'eau qui gicle interminablement sur le pavé.

Ainsi ne reverrait-il plus Éléna.

Ainsi serait-il demain en route pour Marseille. Marseille, Port-Saïd, Djibouti, Colombo... La vie n'était-elle pas irréelle! À moins qu'il n'ait vécu qu'un long rêve dont il se réveillait peu à peu, fourbu, tel un enfant ahuri se frottant les yeux.

Fallait-il donc couper la queue des « têtards » pour les empêcher de gigoter? Effacer le souvenir d'Éléna comme le menu du jour sur l'ardoise du Chat Noir.

– Je ne vous oublierai jamais, lui avait-elle chuchoté.

– Je ne NOUS oublierai jamais, avait-il rétorqué.

Leurs derniers mots. Avant qu'elle ne disparaisse dans la rue, aspirée. Volatilisée.

À présent pourtant, c'était sa présence et non son absence qui l'imprégnait. Comme un parfum devenu sien, une petite musique qui ne le lâchait plus, hurlait dans ses veines et grondait dans ses reins. Mais pour combien de temps?

– Avez-vous remarqué comme l'être absent est parfois si intensément présent qu'il en devient difficile de démêler la réalité du phantasme? avait dit Éléna. Nous continuerons donc à nous parler à travers les océans.

« ... Et à nous aimer à travers les années? » faillit-il demander. Mais elle avait raison, il s'était tu car il n'avait aucune envie d'imaginer la vie d'Éléna loin de lui. Son quotidien auprès de son mari. Ses voyages imaginaires ou réels au Dahomey. De savoir, comme elle disait, si elle séduirait d'autres hommes. De visualiser un seul instant son corps étreignant celui d'un inconnu avec cette force d'abandon qu'il lui avait connue. Oui, peut-être devait-il oublier cette femme. Oublier son voyage à Paris. Noyer ce passé. Mais noyait-on les « têtards » ?

Il respira un grand coup pour chasser la petite pluie qui commençait à mouiller son âme.

Allons, Todorov l'attendait. Avec qui d'autre aurait-il pu passer sa dernière soirée ? D'autant qu'on n'avait pas vu l'ami depuis plus d'un mois dans les salons parisiens. Il-Hwan avait été heureux d'apprendre son retour dans la capitale.

*
* *

La cage d'escalier de Todorov sentait l'encaustique.

Mal à l'aise, Il-Hwan tira une deuxième fois sur le cordon de la sonnette dont le son grêle retentit sans effet dans le vestibule. Aucun signe de vie. Avait-il mal compris ?

Il s'apprêtait à se manifester une dernière fois tout en notant que malgré son épaisseur, le tapis qui garnissait l'intérieur de l'immeuble cossu était élimé par endroits, quand surgit derrière la porte une tête ébouriffée sous un fez du plus beau grenat.

– Monsieur vous attendait, souffla la voix fluette. Veuillez bien me suivre.

– Merci, rétorqua Il-Hwan, mais je peux tout aussi bien patienter dans l'entrée puisque nous devons sortir !

– Comme vous voudrez (le garçon haussa les épaules), mais vous risquez d'attendre longtemps.

Glissement de babouches. Trois secondes plus tard, l'apparition avait déjà disparu au fond du couloir sans même se retourner.

Une odeur étrange, à la fois âcre et douceâtre, régnait dans le boudoir dont les rideaux avaient été tirés. Suivi par l'œil inquisiteur de la petite guenon, icône velue postée à la tête du lit, Il-Hwan s'approcha du divan bas sur lequel était allongé Todorov, à peine revêtu de sa *gandoura*.

Le regard brillant, ce dernier se releva sur un coude et, approchant la longue pipe à embout d'argent de la petite lampe à pétrole, fit grésiller dans son fourneau une boulette d'un beau brun caramel.

– Opium..., murmura Todorov.

Étrangement altérée, la voix du Russe s'éleva au milieu du silence tandis qu'il inhalait la fumée.

– ... drogue des Seigneurs. Celle qui vous fait toucher Dieu. (Il expira longuement, paupières fermées.) En tout cas, celle qui ouvre les yeux. Essayez. Vous verrez...

Il tendit l'étrange pipe ciselée à Il-Hwan qui restait debout face à lui. Horrifié. Devait-il accepter ? N'était-ce pas là l'arme impie avec laquelle les Britanniques avaient osé asservir la Chine en déversant fielleusement leur pavot récolté en Inde dans les ports de l'Empire du Milieu ? Drogue de coolie, oui... D'un autre côté...

– Je croyais que nous devions sortir, bredouilla-t-il.

Mon dieu, cette pénombre douce, cette invite à s'enfoncer au milieu des coussins de soie de Todorov, à se poser dans cette antichambre de l'Asie où déjà il commençait à oublier la grisaille et la pluie... Il sentit rapidement sa résistance fondre. Au fond, pourquoi ne pas y goûter ? Une fois, juste une fois, par curiosité. Pour oublier. Oublier qu'il partait et qu'il ne reverrait jamais Éléna.

Il retira ses chaussures et se laissa tomber sur le divan bas.

Les toutes premières pipes ne lui avaient fait aucun effet. C'en était même accablant. Juste de le tenir extraordinairement réveillé. À l'écoute du moindre bruit, à l'affût du moindre objet sur lequel ses yeux prenaient soudain plaisir à se poser tandis qu'il se surprenait à se questionner – assez lumineusement, il est vrai – sur leur réelle utilité.

Il-Hwan emplit à nouveau ses poumons de fumée. Au moins se sentait-il plus léger, comme débarrassé d'un impalpable poids qui n'avait cessé de l'oppresser depuis qu'il s'était mis en route pour la rue Vavin. Et même assez léger pour se donner des envies de courir sur les toits avec une agilité de chat.

– Les chats ont sept vies, disait Éléna.

Cela tombait bien. Todorov ne l'invitait-il pas à le suivre par la fenêtre pour étrenner cette nouvelle voie ? D'autant que la pluie avait cessé. À peine croyable, ces pieds avaient des ailes, devait-il se prendre pour Jésus sur une mer d'ardoise ? Jésus, cet incompris ! Soupir. N'empêche qu'il avait fait école...

Il jeta un coup d'œil vers le bat-flanc et s'aperçut distinctement, couché en chien de fusil, souriant comme un enfant. Étrange. N'était-il pas bien là, debout sur cette corniche tel un mage de lumière, à regarder les gouttes rouler comme des larmes sur les rebords des cheminées ?

– Oh, Il-Hwan-Si, ramassez-les, voulez-vous ! entendait-il clairement Éléna s'écrier. Il n'y aura jamais assez de perles pour l'humanité.

– Enfilez-les, ricanait Todorov, et vous aurez un collier !

Ce dernier, les yeux grands ouverts, fixait le plafond. Il tourna péniblement vers son compagnon son gros visage poupin qui offrait, à la lueur de la lampe, un reflet métallique de vieille casserole cabossée.

– C'est fou ce qu'on y voit plus clair, hein ? Savez-vous que l'opium m'a même conduit à la révolution ?

Le Russe rit silencieusement. Un rire de poulpe crevé, pensa Il-Hwan.

– Je vous en bouche un coin, n'est-ce pas ? Eh bien, réfléchissez, c'est pourtant d'une simplicité ! N'avez-vous jamais eu la sensation de vous battre seul contre des moulins à vent ? De vous battre comme un damné à chercher à imposer vos idées, en vous laissant emporter par le tourbillon de vos convictions qui, pour solides comme l'airain, vous sont apparues un beau jour aussi inconstantes, aussi volatiles que la fumée de cette pipe à force de taper comme un sourd sur un tambour qui ne vous renvoyait aucun son ? Eh bien la drogue m'a juste fait comprendre que seul, même avec la meilleure volonté du monde, on n'est et on ne sera jamais rien. Mais qu'il suffit de s'élever d'un pouce au-dessus de ce bat-flanc pour que s'éclaire la perspective inverse, le jour où l'on réalise que le « Tout » ne doit définitivement son existence qu'à l'addition de ces petits « riens » !

Il-Hwan sourit. Fallait-il que Todorov soit devin pour énoncer à la seconde près ce qui venait de prendre une forme même imprécise sous son crâne. Sa mission, certes, n'avait été que goutte d'eau dans l'océan, mais qu'il se plaise à imaginer tout un peuple dressé contre la mainmise des Japonais, et tant d'indignation et de hargne prenaient aux yeux du monde un relief autrement particulier... Rien n'était donc perdu. Il continuerait à se battre. Il aiderait les siens à s'organiser. Ils regagneraient leur liberté.

Momentanément apaisé, il se mit à rêvasser au gré des ombres qui dessinaient leur bestiaire fantasque sur les tentures et berçaient doucement les murs. C'était fantastique. Voilà qu'il tendait la main et pouvait toucher celle d'Éléna. Voilà qu'il ouvrait les yeux, les oreilles, les narines, et qu'il pouvait la voir, l'entendre, la sentir. Si proche. En lui. Encore. Toujours et pour l'éternité.

Non, bien sûr qu'ils ne s'étaient pas quittés.

*

* *

Quelques heures plus tard, Il-Hwan se réveilla en sursaut avec l'impression confuse qu'il n'avait fait que s'assoupir.

Habillé de pied en cap, rasé de frais et parfumé d'une eau poivrée à la bergamote, Todorov, assis sur le lit, le secouait.

– L'heure du départ a sonné, mon ami. Si vous ne voulez pas rater votre train pour Marseille, il serait temps de filer. Votre nouveau domestique doit s'impatienter.

Son nouveau domestique ? Il-Hwan se frotta les yeux. Dire qu'il l'avait presque oublié. Le choix ne s'était d'ailleurs pas fait sans peine. Mais ce petit protégé de l'ancien consul, avec ses sauces ravigote et sa bouille à la Yu-Pok version parigote, avait conquis son vague à l'âme, et puisqu'il se déclarait par nature aventurier...

Il se leva d'un bloc et ramassa la carte de visite que Todorov venait de faire tomber.

– Tiens, c'est amusant, ça me rappelle...

Il s'interrompit et fouilla difficilement dans sa mémoire.

– ... oh ! et puis non, tout ça n'a plus d'intérêt.

Et pour se donner du courage, il se mit à fredonner : *« Puisque les souris rentrent, le soleil levant finira bien par se coucher ! »*

Sa gorge était sèche.

Brusquement, il se souvint qu'au moment de son départ de Corée, son fils, lui, n'avait pas pleuré.

*

* *

Todorov avait tenu à retrouver son ami à la gare.

Et c'est dans la foule, la suie, au milieu des gesticulations des porteurs et des odeurs de charbon et de caoutchouc brûlé, l'un sur le quai, l'autre sur le marchepied, qu'ils se dirent bêtement au revoir.

– Adieu, camarade, cria Todorov en courant à petites foulées le long du train qui s'ébranlait, ...bonne chance... et souvenez-vous d'un... de cet ami qui...

Le fracas des pistons couvrit sa voix.

Longtemps, penché par la portière, Il-Hwan resta à fixer la silhouette de grosse taupe dodue qui s'agitait sur le quai, son singe sur l'épaule, tout en vociférant quelques paroles inintelligibles tel un dérisoire personnage de film muet. Puis une courbe l'engloutit, faisant disparaître de sa vue le petit point d'interrogation au chapeau noir et ses mystères.

Qui était Todorov vraiment ?

Légèrement nauséeux, Il-Hwan prit place dans le compartiment tout en serrant l'enveloppe brune que le Russe venait de lui remettre de la part d'Éléna.

Dans le fond, partir comme un voleur après cette nuit blanche, où il semblait avoir sucé jusqu'à la moelle les dernières heures qui lui restaient dans la capitale, n'était pas la plus mauvaise façon de faire ses adieux à la France.

*

* *

Todorov remonta le col de sa pelisse, puis quitta la gare en sifflotant sans prêter plus d'attention aux passants en tenue d'été qui se retournaient sur son passage en rigolant. Il héla un autotax, et se fit déposer au hasard sur l'île Saint-Louis. Il avait envie de marcher. Furieusement. Pour se laver les pensées.

Ainsi la boucle était bouclée. Le bel émissaire coréen que les Japonais lui avaient demandé de talonner dès son arrivée à Vienne s'en était allé. Plutôt piteusement, il est vrai. Dire qu'au départ ces derniers avaient pris la venue de l'envoyé secret de l'Empereur très au sérieux. Dieu ce qu'il s'était amusé avec ses premiers envois anonymes, ces délicieuses agaceries « à la nipponne » destinées à calmer quelque peu la morgue de ce chien fou ! Il lâcha un petit rire en songeant à la tête qu'avait dû faire Il-Hwan en découvrant sa boîte à cafards. Sa plus belle idée, néanmoins, avait été de provoquer « l'idylle » en poussant la belle Éléna dans la gueule du loup, histoire de déstabiliser l'« élément » gênant. Les Japonais payaient bien. Louer l'atelier avait été un jeu d'enfant. Ah, quelle jouissance de tirer ces adorables ficelles et d'assister presque à la jumelle à cet amour naissant ! Très vite, pourtant, l'opération s'était avérée inutile, la situation diplomatique en France jouant largement en faveur des Japonais. Et pourtant... Il y avait quelque chose de si sauvagement troublant à l'idée d'être le maître du ciel sous lequel évoluaient ces deux âmes, quelque chose de si extatique à manipuler comme bon lui semblait les conditions climatiques susceptibles de noyer ou d'ensoleiller de tels sentiments innocents ! Devait-il se l'avouer ? Bien sûr qu'il s'était pris au jeu. D'autant... – le regard de Todorov flotta au-dessus de l'eau trouble – qu'il les trouvait chacun à leur manière tellement charmants.

Il rompit machinalement une branchette d'acacia et se mit à fouetter l'air de plus en plus vite, en se délectant de son vrombissement. Oui, charmants. Mais qui n'était pas sensible à la beauté quand elle prenait les traits de la fougue et de la jeunesse ? Et pour le vieux jouisseur impuissant qu'il était, l'amour de ces deux blancs-becs n'était-il pas une revanche sur la nature, et la jouissance – intellectuelle certes – qu'il avait pu en tirer ne compensait-elle pas un peu sa vieille douleur de matou châtré ? Ils s'aimaient. Soit. Qu'ils souffrent maintenant !

Sa main tremblait un peu. Debout sous un réverbère, il sortit de sa poche les dernières cartes qu'il avait fait imprimer au nom de Fukusawa, les déchira méthodiquement et resta un long moment à regarder le dérisoire tourbillonner dans le vent. Todorov, agent des Japonais pour la Révolution. Ha, ha, ha, elle était bien bonne ! Un travail de sape multiplié par des centaines de petites fourmis ouvrières au nom de toutes les subversions. Grèves, jacqueries, attentats, que demander de mieux ? La vieille Russie tsariste puait la charogne ? Sa belle flotte détruite par les Japintoques – la signature de la paix n'était qu'une affaire de jours –, et voilà que l'équipage du cuirassé *Potemkine* s'y mettait, et zou que la jolie petite mutinerie à Odessa, émeutes, pillages, mise à feu des bateaux dans tous les ports, le tout bien entendu réprimé dans le sang, raaahhhh, bonjour, bonjour centaines et centaines de macchabées purulents. Excellent, excellent. Encore un petit effort camarades, et la chute du gros Nicolaï n'en sera qu'imminente !

Il n'empêche. À présent que le fruit commençait à pourrir des plus agréablement en faveur de la toute prochaine dictature du prolétariat, devait-il admettre avoir plus de respect pour ces loqueteux qui, une fois le pouvoir pris, ne tarderaient pas à s'entre-tuer, à exploiter et à opprimer autrui. Car, au fond, que signifiait le mot « révolution » si ce n'est « éternel recommencement » ? Peuh, fallait-il donc être naïf pour faire confiance en l'âme humaine ! Naïf comme le bel Il-Hwan dont il s'était tant plu à n'être que le féroce négatif. Mais aujourd'hui... Bah, s'il pouvait tout faire sauter. Pschttttt ! SAUTER ! – Todorov enjamba le parapet.

Adieu Il-Hwan, peut-être bien que ce vieux fou de Todorov t'aimait...

Et tout en éclatant de son rire le plus tonitruant, le Russe s'élança dans la Seine, emportant avec lui sa guenon.

Enfin ! Enfin, son mari était sur le chemin du retour.

Errant de pièce en pièce, Sun-Hi ne parvient pas à fixer son attention. Depuis qu'un envoyé du consulat est venu lui remettre la nouvelle, elle a fait laver toute la maison à l'eau claire, ordonné en toute hâte que l'on cire le plancher du *maru*. Par deux fois, elle a recomposé les bouquets qui ornent les niches, et devant le minuscule coup d'ongle qui a déchiré le papier huilé d'une porte coulissante, se désole de ne pas avoir pris plus tôt l'initiative de changer la garniture des lattis. C'est que tout doit être mis en œuvre pour ménager le voyageur et rendre plus doux encore son retour. Il-Hwan découvrirait un pays changé. Un pays devenu, en peu de temps et à coup d'humiliations quotidiennes, insidieusement japonais. Sans parler des mauvaises récoltes et de la famine qui commence à sévir.

Le regard de Sun-Hi se pose sur le splendide paravent de soie violette offert à son favori par l'Empereur. Son bras tremble. Son mari a-t-il aussi changé ? Elle fronce les sourcils. Est-il toujours aussi svelte ? Elle se surprend à rougir et à chasser de ses pensées le corps mince, les épaules musclées de celui qu'elle a découvert la nuit de ses noces. Bonne mère Sakyamuni, faites qu'il ne se soit pas enrobé à l'image de ces notables européens dont la « boîte à riz » semble tendre à la faire craquer la soie de leur gilet chamarré.

Elle pouffe. Cache sa jolie bouche de ses ongles nacrés.

S'approche du coffre à habits. S'agenouille, large corolle déployée sur l'*ondol*, pour en extirper une volumineuse boîte en carton.

Bruissement du papier de soie. En dégage précautionneusement l'objet. Souplesse et tiédeur du cuir. Celui, merveilleux, d'une paire de bottines hautes, lacées à l'occidentale, répliques parfaites de ces petites beautés admirées aux pieds de Mme Collard et acheminées à prix d'or par le truchement de cette dernière rien que pour Sun-Hi, ou plutôt rien que pour le plaisir d'Il-Hwan, son mari, le jeune lettré amoureux fou de l'Europe. Car rien n'est trop beau pour apaiser la nostalgie de l'époux qui s'en retourne du Continent aux Chimères. Rien n'est trop coûteux pour soigner l'accueil de celui qui s'apprête à retrouver la terre meurtrie de ses Ancêtres.

Pensive, Sun-Hi a refermé la boîte. Et si son mari avait oublié Chosen ?

Son cœur se serre.

Idée saugrenue dont elle ne peut se défaire. Idée sacrilège que de sous-entendre pareille infidélité.

Averse tiède. Répétée.

Bourrasque de feuilles dans l'allée.

Feuilles de gingko au goût amer. Un peu salé.

*

* *

La première chose qu'Il-Hwan aperçut en arrivant à Chemul-p'o fut le drapeau japonais qui claquait au-dessus du port, gigantesque tache de sang flottant dans la brume.

La seconde fut l'apparition de trois dignitaires filant sur leur embarcation de bambou à la rencontre du navire.

Accoudé au bastingage, il écarquilla les yeux. De loin, ailerons au vent, leurs coiffes noires ne les faisaient-elles pas ressembler à trois oiseaux de mauvais augure ?

Le sampan glissa silencieusement le long de la panse rouillée du *Suraga Maru*.

Vision des trois hauts chapeaux coniques obstinément baissés en guise de salutation.

Courbettes. Palabres. Toujours courbé en deux, le premier dignitaire demande alors d'une voix forte à s'adresser au commandant du bateau.

Craquement d'un cordage dans la brise molle.

Absent, Il-Hwan s'entend alors déclarer que sous l'ordre du gouvernement japonais, il est devenu sujet indésirable en Corée.

Qu'à l'exception de ses bagages et autres effets, il ne lui est pas permis d'accoster.

Qu'en conséquence, lui est recommandé l'exil de la façon la plus immédiate, à savoir :

que la prochaine jonque en partance pour Yantai l'accueillera à bord pour lui permettre de se retirer en territoire chinois dans la ville de Shanghai.

Mais que sur bienveillante injonction et recours de Sa Majesté l'Empereur, sa famille obtient la permission de garder ses terres sur Séoul, et son épouse la grâce extrême d'y demeurer au service de la Cour jusqu'à nouvel ordre.

Il-Hwan accuse le coup sans broncher.

Comme une évidence.

L'exil, punition suprême, il y a déjà songé. Si ce n'est que, dans ce cas, la sanction provient des Japonais et qu'elle déguise à peine ce qui ressemble ni plus ni moins à l'abandon de son Empereur.

Mais peut-il vraiment en vouloir à ce dernier ? Lui qui, plusieurs fois, s'est surpris à trahir – du moins en pensée – le pays de ses Ancêtres quand il se trouvait dans les bras d'Éléna.

Mars 1919

Un boudoir clair, prolongé par la verrière d'un jardin d'hiver.

Quelques meubles en rotin. Un panier à ouvrage au pied d'une chaise longue, une tasse à café qui traîne à côté d'un livre retourné (*Les Thibault* de Roger Martin du Gard, à moins qu'il ne s'agisse du dernier Gide) sur une table basse recouverte d'un élégant napperon.

Tout en jouant avec le manche de sa raquette de tennis, Anaïs – treize ans et demi – observe Éléna en bâillant.

C'est agaçant. Agaçant et flatteur à la fois. Dans la famille, tout le monde s'accorde à dire qu'elle ressemble à sa tante, bien qu'elle ait du mal à discerner le moindre petit point commun entre le chardon maigre qu'elle est, avec ses nattes d'épouvantail et ses taches d'écureuil, et la belle dame blonde en tailleur de jersey qui feuillette face à elle *La Revue des Deux Mondes*. « Question de tempérament », répète sa mère, agacée. « Vous n'en ferez toutes deux jamais qu'à votre tête ! »

Là encore, la comparaison ne la satisfait pas tout à fait. Elle, elle en est certaine, ne se mariera jamais. À moins de tomber sur le Prince Charmant. Non, elle travaillera, aura des amants (mais pas pour se faire entretenir), elle fumera, s'habillera à sa guise et apprendra même à conduire. Alors que sa tante, peuh, qu'a-t-elle fait de tout ça ? Que le brave oncle Charles-Louis tué à Verdun repose en paix, cette dernière, qu'elle sache, s'est bien pliée au mariage arrangé et n'a jamais eu le cran de divorcer. De même, personne ne lui a jamais connu d'amants ou ne l'a vue se mêler à l'une de ces épatantes manifestations de suffragettes ! Cela ne l'empêche pas d'admirer Éléna qui vit toujours en solitaire malgré cette kyrielle de bonshommes qui lui font la cour, s'occupe d'orphelins et part en expédition dans les basses vallées de l'Himalaya quand ça lui chante. Et avec cela, toujours gaie et d'humeur égale. Sauf à présent. Petit regard en coin. Comme si une simple lecture avait le pouvoir de la retourner !

Effectivement. En proie à la plus grande fébrilité, Éléna a levé les yeux de sa revue.

– Joss (Joss, c'est le surnom qu'Anaïs aime se donner), sais-tu où se trouve la Corée ?

Sa nièce hausse les épaules.

– Petit pays tampon entre le Japon et la Chine, coincé entre la mer Jaune et la... oh Tante, voyons ! cela fait au moins trois fois que vous me l'expliquez.

– Qu'importe, si tu savais ! (Tout en agitant son journal, Éléna a repoussé sa chaise et s'est mise à arpenter la pièce, surexcitée.)...Imagine-toi que ce malheureux pays, ignoblement annexé par les Japonais il y a neuf ans sans jamais avoir rien demandé, a enfin trouvé la force de se soulever ! On peut dire que la déclaration du président Wilson sur le droit des petits peuples à disposer d'eux-mêmes aura fait des émules ! Rends-toi compte...

La nièce observe Éléna. Les lèvres de sa tante tremblent.

–... une déclaration d'indépendance a été signée et lue dans le pays tout entier, des milliers de manifestants pacifiques ont démontré avec ferveur l'abus des Japonais ! N'est-ce pas formidable ! Quoi qu'il arrive, écoute-moi bien, jamais plus ces derniers ne pourront prétendre occuper ce pays avec l'accord de la Corée !

–Tante, l'interrompt Anaïs avec la moue de celle qui ne se sent aucunement concernée, Oncle Charles-Louis aimait-il autant que toi la Corée ?

Éléna n'a pas répondu. Debout face aux vitraux colorés de la verrière où se découpe l'ombre d'un rhododendron géant, elle laisse défiler les images d'un passé si présent. Qu'est devenu Il-Hwan ? Une question qu'elle se pose chaque jour depuis près de quatorze ans. Leurs conversations ? Mot après mot, rire après rire, elle peut se les restituer de mémoire tout comme elle peut revivre dans le détail chacun de leurs silences, chacune de leurs émotions, ou évoquer ce sourire voilé qui savait si bien masquer les désillusions. Mais aujourd'hui, jamais les traits de son visage ne lui sont apparus aussi vifs. Jamais le son de sa voix ne lui est parvenu aussi clairement.

Qu'est devenu Il-Hwan ?

Les premières années, elle avait gardé contact avec son domestique, veillant de loin à l'installation du couple, envoyant layettes à la naissance des enfants. C'est ainsi qu'elle avait appris la nouvelle : interdit de séjour dans le pays de ses Ancêtres devenu protectorat japonais, Il-Hwan avait dû s'exiler à Shanghai. Sans doute, sa femme et son fils l'y avaient-ils suivi.

Elle ferme les yeux.

La pensée qu'il se démenait à l'autre bout du monde pour organiser la résistance de ses compatriotes et faire enfin entendre la voix de la Corée ne l'a-t-elle pas aidée à ne pas désespérer dans les moments où la vie lui faisait perdre pied ? Mieux, à prendre enfin en main cette existence qu'elle trouvait si inutile ? C'est ainsi que refusant de suivre Charles-Louis au Dahomey, elle avait demandé – par l'intermédiaire de l'assistante du docteur Hément – à travailler à l'Institut des sourds et muets d'Argenteuil. Lors de la crue dévastatrice de 1910 qui avait plongé pendant des jours la capitale et sa banlieue sous les eaux, on l'avait vue courant au secours des sinistrés du gymnase Saint-Lambert transformé en dortoir de fortune ou distribuant soupes et couvertures aux enfants réfugiés dans le parloir du couvent de la rue Geoffroy-Saint-Hilaire. « Tant que tu y es, tu devrais t'occuper des reptiles du jardin des Plantes, ricanait Charles-Louis, il paraît que leur galerie n'est plus chauffée ! » Il n'empêche, cet épisode lui avait permis de rallier quelque temps plus tard les services de la Croix-Rouge. S'occuper, s'occuper sans relâche n'était-il pas le moyen le plus sûr de ne pas penser ? Puis, après une parenthèse à Madagascar où son époux, un temps, avait été chargé de superviser la construction du chemin de fer reliant Tananarive à la côte est, la guerre avait éclaté...

La mort de ce pauvre Charles-Louis ? Elle avait pleuré le soldat plus que le mari. Du reste, en ces temps de tragédie, pouvait-on se plaindre de son infortune ? Et pour celle qui ne vivait plus maritalement qu'en pointillé, la vie n'avait pas vraiment changé. Enfin, presque. Elle avait dû vendre la maison de Saint-Mandé. Et puisque rien ne la retenait vraiment, elle avait commencé à voyager. En revanche... oui, c'était étrange, elle n'avait jamais retouché à son appareil à photographier depuis le départ d'Il-Hwan. Comme si quelque chose en elle, quelque chose qui tenait de son enthousiasme, s'était cassé.

La tête d'Éléna tournait. Regardant Anaïs comme si elle découvrait sa présence, elle l'envoya au hasard chercher du fil à broder. Cette image, cette image récurrente qui venait l'assaillir dès que sa conscience avait le dos tourné. Celle de ce poilu atrocement mutilé qu'elle avait soigné... Hasard du destin ? Amateur d'un club de photo dans la vie civile, ce dernier lui avait confié son Vest-Pocket avant de mourir. Un appareil Kodak (« Appuyez sur le bouton, nous faisons le reste », vantait la publicité) qu'il avait gardé dans son havresac et dont elle avait plus tard développé les clichés, pour la plupart instantanés de la vie dans les tranchées mais aussi de la mort qui fauchait le camarade d'à côté. Maintenant, elle regrettait de les avoir jetés moins par pudeur que sous le choc provoqué par l'horreur.

Peut-être était-ce le moment de se remettre à cette passion négligée ? Mais cette fois, non dans le but dérisoire de fixer le temps – elle sourit – mais pour témoigner contre l'indifférence et l'atrocité.

Allons ma fille, tu t'encrasses. Que dirait Il-Hwan s'il te voyait ainsi, vautrée dans l'oisiveté ? Le moment n'est-il pas venu de secouer ta carcasse ?

Éléna sourit, un drôle de pinçon au cœur.

Un pinçon gourmand, printanier. Une soudaine envie de vivre à pleines bouchées à laquelle l'éveil de ce petit pays qu'était la Corée n'était pas étranger.

Cette fois-ci, irait-elle en Inde, pousserait-elle jusqu'au Bhutan, ou retournerait-elle soigner les lépreux en Guinée ?

Séoul, mai 1919

Beaucoup de choses se disaient en ville depuis la répression sanglante qui avait entaché le mouvement du mois de mars en faveur de l'Indépendance. On parlait d'un gouvernement provisoire qui risquait de voir le jour à Shanghai et regrouperait bientôt les exilés de Chine, de Sibérie, d'Amérique et même du Japon, et le médecin du quartier, un aimable lettré qui en revenait, n'hésitait pas à affirmer sous cape qu'on devait en grande partie ce regain d'espoir aux efforts d'Il-Hwan et de ses nouveaux compagnons.

Sun-Hi replia soigneusement la lettre de leur fils postée de Tokyo et la glissa rêveusement dans sa manche. Voilà qu'à présent ce dernier lui faisait part de son désir de rallier lui aussi Shanghai afin d'aider à l'accueil de ses compatriotes et à leur hébergement.

À un autre moment, ces nouvelles lui auraient procuré une joie immense. Aujourd'hui, cette lecture la rendait presque indifférente. Trop d'événements étaient survenus depuis quelques mois. Elle suivit d'un œil vague la ligne flamboyante des parterres de pivoines qui couraient le long du mur d'enceinte et clôturaient élégamment son champ de vision. Au fond de sa prison douce, réclusion qui s'était spontanément imposée au fil des années depuis l'exil de l'aimé, que savait-elle réellement de son pays occupé, à part les bribes de conversations rapportées par les servantes au retour du marché ?

Elle fit un petit signe à Yi-Shun qui ratissait les allées, signifiant au sourd-muet qu'elle avait besoin de lui à l'intérieur. Puis une fois dans ses appartements, se dirigea directement vers le coffre à habits dont elle fit glisser le fermoir en forme de poisson avec, comme chaque fois, une drôle d'appréhension.

À ceci près que ce n'était pas les bottines dans leur élégant carton (qu'elle n'avait, et pour cause, jamais eu l'occasion de porter) qu'elle venait contempler aujourd'hui en secret, mais une grande enveloppe brune un peu écornée qu'elle avait naguère retrouvée dans les bagages d'Il-Hwan.

Elle en retira une photographie jaunie où posait un couple souriant, assis sur le banc d'un parc.

En l'homme, revêtu d'un élégant costume de coupe occidentale, elle ne reconnaissait toujours pas Il-Hwan dont elle trouvait la posture – une jambe bizarrement croisée sur l'autre – plutôt figée et puis, c'était comique, cette façon de poser tête nue tout en tenant ce drôle de couvre-chef posé comme un gâteau de mariée sur ses genoux. En revanche, depuis le temps qu'elle la regardait en douce, la femme blonde qui souriait à ses côtés lui semblait de plus en plus familière. Machinalement, elle en effleura du doigt le visage. Qui était-elle ? L'éternelle question. Une demi-mondaine comme on appelait là-bas ces femmes assez libres pour se produire sur scène ? Assez audacieuses, en tout cas, pour poser aux côtés d'un homme qui n'était pas leur mari... Quoi qu'il en soit – devait-elle se l'avouer ? –, la franchise et la gaîté qui émanaient de cette personne lui plaisaient.

Elle retourna le cliché. En bas, à droite, une date, 12 juin 1905. En dessous, une inscription non signée et presque effacée : *« Je n'ai qu'un seul jardin »* qui ne lui rappelait aucunement l'écriture d'Il-Hwan, encore qu'elle ne l'ait jamais vu écrire en lettres occidentales. Toujours est-il qu'intriguée par la photo, elle avait eu l'idée à l'époque d'en calligraphier à grand-peine la mystérieuse inscription et d'aller la montrer aux Collard. Mais qu'une fois la phrase traduite, Sun-Hi n'était pas plus avancée.

Ce qu'elle signifiait au juste, franchement Mme Collard l'ignorait.

– Une phrase tirée de la bible ? se hasarda cette dernière. À moins qu'il ne s'agisse (toute rougissante de son audace littéraire) d'un fragment de cet obscur Mallarmé ?

– Et vous dites que rien ne l'accompagnait ?! grommela Monsieur, appelé à la rescousse.

– Non, mentit Sun-Hi.

– Étonnant, étonnant ! (Et puis évasivement, tout en se triturant la moustache.) En tout cas, la seule chose que je peux dire, c'est que dans un jardin, *on fait pousser des fruits merveilleux* !

Merveilleux ? Impression désagréable d'avoir permis au couple Collard de percer un peu de ce mystère qui n'appartenait qu'à son intimité. Du coup, elle n'avait jamais osé les revoir.

– *Merveilleux*..., se répétait-elle à présent, quatorze ans plus tard. (Et se tournant, comme frappée par une évidence, vers le jeune sourd-muet qui venait de frapper au lattis :) Vois-tu, Yi-Shun, je crois que s'il m'avait fallu choisir une concubine pour ton maître, eh bien, je n'aurais pas été mécontente de jeter mon dévolu sur cette personne-là !

Elle rit. C'était simple. Aussi simple que ça.

Alors Yi-Shun – qui n'y comprenait rien – s'esclaffa à son tour, tout heureux et tout étonné de voir sa maîtresse rire pour une fois.

Shanghai, août 1920

Après un périple qui la mena de Colombo à Saigon en passant par Bornéo et Sumatra, Éléna débarqua le 11 août 1920 à Shanghai au milieu des croiseurs anglais, allemands et japonais qui semblaient attendre la fin de la mousson, amarrés devant les banques du Bund.

L'ampleur de la ville, petit village de pêcheurs cinquante ans auparavant, la déconcerta tout comme son occidentalisation poisseuse et grise. En longeant les façades gigantesques qui abritaient derrière leurs publicités lumineuses centres d'affaires et clubs chics européens, elle se demanda avec appréhension si ne s'ébauchait là le sort à venir de ces populations contaminées par la mainmise de l'Occident. Mais croisant au milieu des omnibus bondés et d'une marée de panamas et de canotiers à vélo une chaise à porteur grillagée comme un garde-manger suivie d'une procession bariolée et d'un vacarme fracassant de gongs, tambours, flûtes, crécelles, cloches et autres claquettes bien décidés à recouvrir le glissement caoutchouté des tramways à trolley, elle sourit : non, rien à craindre, elle était vraiment en Asie.

Elle passa le jour suivant à déambuler dans les quartiers chinois, ignorant celui des Concessions. Préférant le balancement des palanches aux grincements des roues des pousse-pousse et les stridulations des marchands de nouilles aux airs de café-concert allemand. Consentant toutefois le même soir à honorer l'invitation transmise par le directeur des Postes de Shanghai – ancien camarade de promotion de Charles-Louis – au cercle de jeu français dont on inaugurait les nouveaux bâtiments.

Entre toilettes dernière mode et jérémiades sur la nourriture locale, Éléna connaissait par cœur ce genre de soirée. L'orchestre, uniquement composé de Chinois, s'évertuait à reproduire les derniers succès de Maurice Chevalier. Le temps s'éternisait. En revanche, le consul était un homme plaisant. Disons plutôt que la mélancolie désœuvrée qui émanait du personnage avait de quoi séduire son état d'âme du moment. Aussi, quand la conversation générale dérapa sur la dégénérescence d'une race blanche qui aurait à l'origine civilisé la Chine (Attila n'avait-il pas les yeux bleus ?) et le très douteux métissage dont ces êtres au nez épaté ne seraient que le fruit raté, Éléna ne fit-elle pas grand chichi à se laisser raccompagner.

Au départ réticente, elle finit le lendemain par accepter de se laisser guider par le consul lui-même dans l'enceinte de la Concession française après une courte visite à la Légation.

Sa surprise fut grande d'y croiser autant de Coréens, reconnaissables pour la plupart à leur tenue blanche.

Le consul sourit de ce sourire triste qui sied aux êtres affectés par quelque mystérieuse blessure intérieure (en réalité une de ces crises d'amibes qui le suivait depuis son premier poste en Namibie).

– Normal, la Concession accueille le siège de leur gouvernement provisoire.

– Vraiment ?

– Un premier bureau pour l'Indépendance de la Corée y fut même ouvert au lendemain de la déclaration du 1er mars, c'était bien la moindre des choses que nous pouvions faire. Ici (le consul rit), nous sommes encore, Dieu nous garde, hors de toute juridiction japonaise !

Éléna ne releva pas. Son cœur s'était mis à battre très vite. Comment d'un seul coup pouvait-on se sentir si lourd et à la fois si léger ? Peut-être la blessure ne s'était-elle jamais refermée ?

Ils firent quelques pas sous un soleil tapant, buvant la luminosité retrouvée à petites lampées. Le consul, parce qu'il se sentait ému dans sa solitude, ce qui ne lui était pas souvent arrivé. Éléna, parce qu'elle luttait contre les émotions vives et le poids du passé.

– Les Coréens sont des gens charmants, bredouilla le consul en tentant désespérément de renouer le fil de la conversation. Opiniâtres, brillants...

Derrière eux, on devinait encore la porte monumentale de la Légation, avec son escalier gardé par ses deux lions en pierre, et devant, au loin, émergeant de la poussière, les toits retroussés du quartier chinois.

Incongru, un air de fox-trot s'échappa d'une fenêtre.

– À propos...

Contrôlant les battements de son cœur, Éléna se lança :

– ... connaîtriez-vous par hasard un Coréen du nom de Park Il-Hwan qui vit en exil à Shanghai avec son épouse depuis des années ?

– Si je connais un dénommé... Park Il-Hwan ?

Le consul cligna des yeux. Éléna le trouva brusquement empesé dans son veston court trop amidonné. Avait-on idée de porter des gants en peau par une pareille chaleur ?

Elle remarqua qu'il transpirait et détourna la tête.

– ... Pour un hasard, c'est un drôle de hasard...

Mais Éléna n'écoutait plus. Au même instant, entre les arbres du boulevard, venait de surgir une silhouette absolument familière.

Se détachant du consul, elle s'élança vers la chaussée, interdite.

– Écoutez ! Oui, je connaissais un dénommé Park, mais ce dernier ne vivait avec aucune femme...

C'était Il-Hwan. Éléna en était sûre. Voudrait-il la revoir ? Le meilleur moyen était encore de crier son nom.

– ... Désolé de vous l'apprendre, hurla alors le consul en courant derrière elle, mais on l'a retrouvé mort il y a plus d'un an dans une fumerie d'opium. Un beau gâchis ! On dit qu'il ne s'est jamais remis de son séjour à Paris...

Mais Éléna, hors portée, avait déjà tourné dans la ruelle.

Étonné, le jeune homme interrompit sa marche et se retourna un instant en fronçant les sourcils. Qui s'amusait ainsi à crier le nom de son père en pleine rue ? Il n'aperçut derrière lui qu'une femme blonde plutôt jolie qui le regardait au loin d'un air totalement égaré en retenant sa jupe qui menaçait de s'envoler... Une Européenne qui sans doute n'avait plus ses esprits...

Il haussa les épaules et reprit sa course.

Au bureau, ses camarades coréens, de plus en plus nombreux, l'attendaient.

Découragée, Éléna se laissa tomber sur une borne d'incendie.

Enfantillages.

Quand cesserait-elle de voir Il-Hwan partout? Qu'avait-elle depuis son arrivée à traquer le passé dans cette ville étrangère? Cette coquille vide où ne résonnait aucune mer.

Non, Il-Hwan ne se trouvait pas plus à Shanghai qu'à Delhi ou à Budapest. Il-Hwan l'attendait dans une chambre en haut d'un phare. Une chambre inondée par le cri des mouettes où ils passaient leur temps à rire en mangeant des bouquets de violettes et à respirer le parfum d'un tilleul en fleur.

Elle sourit.

Assis non loin d'elle, un vieux, tenant d'une main tremblante une cage dévoilée de sa housse de soie, faisait prendre à son serin un peu de soleil.

Le vieux lui rendit son sourire.

Alors, de la pointe du pied, elle dessina un têtard sur l'une des grosses dalles de pierre qui pavaient la venelle et longtemps y fixa le reflet du ciel.

Puis, à regret, se leva.

RÉALISATION : IGS-CHARENTE PHOTOGRAVURE
IMPRESSION : NOVOPRINT À BARCELONE
DÉPÔT LÉGAL : JUIN 2005. N° 78986
IMPRIMÉ EN ESPAGNE